마흔 이후, 누구와 살 것인가

My House Our House:
Living Far Better for Far Less in a Cooperative Household
by Karen M. Bush, Louise S. Machinist, Jean McQuillin
(ISBN:978-0-9855622-4-3)
Copyright © 2013 MHOH, LLC
All rights reserved.

Korean-language edition copyright © 2014 by Simple Life Publishing co.
Korean edition is published by arrangement with
St. Lynn's press through Corea Literary Agency, Seoul.

이 책의 한국어판 저작권은 Corea 에이전시를 통한
St. Lynn's press와의 독점계약으로 도서출판 심플라이프에 있습니다.
신저작권법에 의해 한국 내에서 보호를 받는 저작물이므로 무단 전재와 복제를 금합니다.

세 여자의 유쾌한 실험, 그 10년의 기록

마흔 이후, 누구와 살 것인가

캐런·루이즈·진 지음 | 안진희 옮김

심플라이프

앞으로 30년, 어디서 어떻게 살 것인가?

아, 수명 연장의 위대함이여!

지금까지 어떤 세대도 이렇게 외모가 멋진 노인들이 많은 적은 없었다. 바야흐로 '60대는 새로운 40대다' '60대는 제2의 청춘'이라는 우스갯말들이 과장이 아닌 현실이 되고 있다. 이런 변화는 인생 항로가 이전보다 더 오래 지속된다는 의미다.

게임의 룰이 완전히 새로 바뀌었다. 우리는 게임을 계속 뛰면서 규칙을 새로 만들어야 한다. 그나마 다행스러운 건 우리에게는 아직 시간이 조금 더 남아 있다는 사실이다. 이 시간 동안 새로운 것을 시도해보고, 다음 세대에게 무엇을 남길지 준비하고, 다양한 경험을 하고, 풍요로운 인간관계를 구축해야 한다. 하지만 은퇴 이후를 생각하다 보면 누구에게나 의문 하나씩은 들기 마련이다.

'어디에 살지? 어떻게 살지?'

우리 대부분은 도움을 받으며 살고 싶지도 않고, 혼자 살고 싶지도 않다. 또한 부모를 돌보면서 알게 된 다른 범주의 '노인 주택

(senior housing)'도 그리 달갑지 않다. 심지어 기관, 규칙, 관리 감독에 종속되어 있는 모습은 상상할 수도 없다. 노인들만 거주하는 시설의 로비에 앉아 아이폰으로 롤링스톤즈 음악을 들으며 시간을 보내는 모습은 상상하기조차 싫다. 하지만 우리는 결코 어디에서 어떻게 살아야 하는지에 대한 질문을 피해갈 수 없다. 각자의 필요에 따라 어디에서 어떻게 살아야 하는지에 대한 답도 달라질 것이다.

나는 지난 20년간 자신의 집에서 더 오래 살고 싶은 사람들을 위해 더 나은 선택지를 찾아주고 구체적 방안들을 만드는 일을 해왔다. 주택의 구조를 단순화시키고 여러 가지를 조정하는 방법을 통해 말이다. 이것은 이른바 '제자리에서 나이 들기(Aging in Place)'라고 부르는 개념 중 일부다.

나는 그동안 자신이 살고 있는 집을 존엄을 지키며 나이 들기에 가장 적절한 곳으로 만드는 일에 집중했다. 존엄을 지키며 나이 들기는 단순히 공간 디자인 차원의 문제가 아니다. 훨씬 더 복잡한 문제다. 각자가 살고 있는 집은 모두 제각기 다르다. 뿐만 아니라 각 가정, 가족, 이웃, 공동체도 서로 제각기 다르다. 이 모든 요소가 삶의 질에 영향을 미친다. 게다가 모든 사람들이 현재의 집에 장기적으로 살고 싶어 하는 것도 (혹은 살 수 있는 여유가 있는 것은) 아니다.

내가 어떤 일을 하는지 아는 사람들은 내게 자신의 '노후 희망 사항'을 털어놓는다. 그들은 현실과 동떨어진 이상적 주거방식을 꿈꾼다. 대부분의 사람들이 자신만의 공간이 있으면서 친구들과 가까이 살고 싶다고 말한다. 한편 어떤 사람들은 마치 대학 기숙사 같은 곳에서는 살기 싫다고 말한다. 프라이버시와 대인 경계선이 거의 없는 곳 말이다. 하지만 논의는 항상 하나의 질문으로 모아진다. 바로 '혼자 살지 않으면서도 프라이버시를 지킬 수 있는 방법은 없을까?'

이 책의 세 저자 또한 자기들만의 꿈이 있었다. 하지만 이들은 꿈만 꾸는 데 그치지 않고 직접 행동에 옮겼다. 지적이고 개방적이고 모험심이 강한 이 베이비부머 세대 여성들은 대안적 주거방식을 직접 만들고 '협동주택에서 살기(cooperative householding)'라고 이름 붙였다. 그녀들은 오랜 시간 동안 실험을 성공적으로 이끌어나갔고, 이제 경험에서 얻은 지혜들을 이 책에서 우리와 나누려 한다.

어쩌면 여러분도 이와 비슷한 생각을 한두 번쯤은 했을지도 모른다. 또 어떤 이들은 친한 친구들과 자주 대화를 나눌지도 모른다. 이 책이 여러분이 단순히 공상만 하는 데 그치지 않고 앞으로 나아갈 수 있도록 구체적 단계들을 제공할 것이다.

이 책은 새로이 발견한 개척지를 탐험하도록 도와주는 지도이다.

어떤 사람들은 베이비부머 세대가 규칙을 어기는 것을 좋아한다고 말한다. 하지만 이 책의 주인공 캐런, 루이즈, 진은 우리에게 규칙을 새로이 만드는 법을 가르쳐준다. 바람직하고 사려 깊은 규칙이며, 존경할 만한 사람들이 몸소 시험한 규칙이다. 그렇다고 따뜻한 문장과 재미있는 아이디어에 깜박 속아 넘어가지는 말기 바란다. 이 책은 복잡하고 급진적인 아이디어들을 다루고 있다. 저자들의 유려한 말솜씨는 복잡하고 중요한 문제를 명확하고 단순해 보이게 만드는 마력이 있다. 저자들은 다른 사람들이 잘 생각하지 못하는 세세한 사항들까지 능숙하고 철저하게 풀어낸다. 게다가 피하고 싶은 어려운 문제들을 과감히 다룬다. 또한 이 책은 좋은 절차란 어떠한 것인지 그 모범을 보여준다. 집을 찾고 구입하기, 파트너 찾기, 재정 계획 세우기, 각자의 물건 합치기, 일상생활의 규칙 정하기, 협동주택이 자신에게 맞는지 확인하기 등 필요한 단계별 정보가 아주 구체적으로 나와 있다.

협동주택 안에서의 새롭고 다면적인 인간관계를 통해 일상생활의 구성 원리를 수면으로 끌어올린 것 말고도, 이 책은 비즈니스 파트너, 가족, 친구 등 모든 유형의 인간관계에 대해 규정된 목적 이상의 가치를 생각해보게 한다. 이들의 이야기를 따라가다 보면 여러분이 어디에 살고 있든, 누구와 살고 있든, 누구와 일하고 있든 상관없이 큰 도움을 받게 될 것이다.

우리 베이비부머 세대는 살면서 지속적으로 마주치는 관습들을 모두 바꿨다. 비단 우리가 속한 집단의 규모뿐만이 아니다. 베이비부머 세대는 인간관계, 가족, 일, 삶을 새로이 정의했다. 베이비부머 세대는 독립적이고 싶어 한다. 독립은 선택과 통제를 의미한다. 하지만 독립적이기 위해 반드시 혼자 살아야 할 필요는 없다.

바로 이 점이 캐런, 루이즈, 진의 이야기를 대단하게 만든다.

'수명 연장'은 변화가 불가피하다는 사실을 뜻한다. 우리는 더 오래 살 것이다. 그러므로 우리의 집도 변화와 조정이 필요하다. 가정에 대한 기본 개념 또한 바뀔 것이다. 협동주택은 혼돈 속의 낙원이 될지도 모른다. 이 책은 그곳에 가는 과정을 보여준다. 만약 인생의 다음 단계에서 어디에 살아야 할 것인지에 대해 몽상 혹은 악몽에 빠져 있다면, 이 책을 읽기 바란다. 이 책의 안내를 따라 새로우면서도 의미 있는 가능성의 세계로 나아가기 바란다.

루이스 테넨바움* Louis Tenenbaum

---

* '제자리에서 나이 들기(Aging in Place)' 연구소 설립자이자 전략가이며 컨설턴트. 『제자리에서 나이 들기 2.0(Aging in Place 2.0)』의 저자.

Contents

> 당신에게서 나는 받고, 나는 당신에게 줍니다.
> 우리는 함께 공유하고, 그럼으로써 함께 살아갑니다.*
> _네이선 시걸, 「당신에게서 나는 받습니다」

이 책은 독립적인 세 여성과 매우 독립적인 고양이 한 마리가 어떻게 한집에 살게 되었는지에 대한 이야기이다.

2004년, 50대의 베이비부머 세대 여성인 우리 셋은 각자 혼자서 행복하게 잘 살고 있었다. 은퇴할 먼 미래에 다른 사람들과 함께 살면 어떨까 하는, 그 당시만 해도 허무맹랑하게 느껴졌던 아이디어에 대해 가끔 생각하면서 말이다. 그런데 갑자기 상황이 바뀌었다. 갑자기, 거의 충동적으로, 한 달도 채 되지 않는 시간 동안 엄청난 속도로 계획을 세운 후 정신을 차리고 보니 어느덧 우리는 협동주택을 만들기 위해 집을 사고 이사 들어갈 준비를 하고 있었다.

깜짝 놀란 가족들과 다른 친구들은 우리가 공동생활을 얼마나 버텨낼 수 있을지에 대해 저마다의 예측을 내놓았다. 긍정적 예측은 하나도 없었다. 함께 행복하게 지낸 지 10년이 다 되어가는 지

---

* 우리는 이 구절을 액자에 담아 식탁 앞에 걸어놓았다. 휴일에 가족들 그리고 친구들과 식사를 하기 전에 가끔씩 이 구절을 암송하곤 한다.

13

금에서야 그 예측들이 다 틀렸다는 것이 증명되었을 따름이다.

우리는 버텨냈을 뿐 아니라 매우 잘 살았다. 그리고 그 과정에서 수많은 인생의 자원과 도구를 개발했다. 이제 우리처럼 '함께 사는 삶'에 대해 고민하는 모든 사람들에게 이 도구와 자원이 도움이 되기를 바란다.

우리는 이 책을 통해 여러분이 독립적인 사람들을 위한 간단하면서도 효과적인 주거 대안에 대해 한번 생각해보았으면 한다. 이 책에 나오는 협동주택 모델은 어느 지역에 살든, 어느 연령대 혹은 어느 인생 단계에 있든, 어느 정도 수준으로 주거비를 지출하거나 재정투자를 할 생각이든 관계없이 모두에게 적용될 수 있다.

여러분의 라이프스타일 우선순위는 우리의 우선순위와 다를지도 모른다. 그러나 적어도 우리는 직접 경험한 사례들을 통해 공동체 안의 일상이 어떤지 명확하게 보여줄 수는 있다. 중요한 것은 라이프스타일의 세세한 면이 아니다. 더 중요한 것은 큰 그림의 콘셉트와 그 콘셉트를 여러분 자신의 상황에 어떻게 적용할 것인가이다.

편한 마음으로 우리의 이야기를 들어주기 바란다. 우리는 우리 이야기를 나누면서 여러분에게 이 이례적이지만 대단히 합리적이고, 실용적이고, 경제적이고, 즐거운 주거방식을 고려해보라고 권할 것이다.

일단 2004년 노동절 주간 토요일에서부터 이야기를 시작할 것이다. 그날 우리는 우리의 집에서 딱 한 달을 보낸 후 성대한 집들이를 했다. 낮 12시부터 밤 12시를 훌쩍 넘겨서까지 이어진 그 마라톤 이벤트에서 거의 200명에 가까운 손님들에게 집을 구경시켜 주었다. 손님들은 우리에게 다시 또다시 이야기를 해달라고 요청했다. 친구들과 새 이웃들의 열광과 호기심 덕분에 기진맥진할 틈조차 없었다.

덥지도 않고 춥지도 않은 9월의 어느 저녁을 떠올려보기 바란다. 이 책을 읽는 여러분, 그리고 다른 손님들 모두 방금 도착했다.

이곳이 바로 우리의 보금자리예요. 근사하죠?

새도론에 오신 걸 환영합니다!

우리집에 오신 걸 환영합니다! 저희 집들이에 참석해주셔서 정말 고맙습니다. 저녁이 끝날 무렵이면 어떻게 세 명의 독립적인 여성들이 이 협동주택을 성공적으로 만들었고 그 안에서 공동공간을 가지면서도 개인공간을 만끽하고 있는지 정확하게 알게 되실 겁니다.

집을 구경시켜드리면서 우리가 어떻게 이 집을 만나고 살게 됐는지 설명하겠습니다. 우리는 이 집을 집 앞 도로의 이름을 따서 '새도론'이라고 부릅니다. 집에 이름이 있는 게 편하겠다고 생각했습니다. 귀여운 척하려는 게 아니라 부르기 쉽게 하기 위해서죠. 어쨌든, 이곳은 '나의 집'이자 '우리의 집'이자 '당신의 집'이자 '그녀의 집'이자 '진의 집'이자 '캐런의 집'이자 '루이즈의 집'입니다.

함께 모험하는 것에 대해 처음 꿈꾸기 시작했을 때 우리는 '나이 든 여자들의 코뮌(The Old Biddies's Commune)'이란 다소 유머러스한 이름을 만들었습니다. 친구들은 머리글자를 따 커다란 돌에 'O. B. C.'라고 새겨서 이 이름을 기념해주었습니다. 이 돌은 지금 현관 앞에 고이 모셔져 있습니다. 친구들은 이삿날 밤 어둠을 틈타 앞마당에 몰래 들어와 그곳에 돌을 놓고 우리 '코뮌'의 개관을 선언했습니다. 섀도론에서 첫 아침을 맞이한 날 현관문을 열었다가 바위가 떡하니 우리를 기다리고 있는 것을 보고 깜짝 놀라뒤로 넘어질 뻔했습니다. 우리는 그 머리글자를 다양하게 재해석했는데 '예쁜 아가씨들만 사는 집(Only Beautiful Chicks)'이 제일마음에 들었습니다. 하지만 사실 섀도론에는 그보다 더 큰 의미가있습니다.

실내로 들어가시기 전에 뒤뜰에 있는 분들과 인사 나누시기 바랍니다. 비가 오지 않아 정말 다행입니다. 이 많은 손님들이 모두집 안에 들어갈 순 없을 테니까요. 뒤뜰에 장식용 횃불들을 빙 둘러 꽂아서 나뭇잎이 불빛을 받아 은은하게 빛나게 했답니다. 앞뜰과 뒤뜰 그리고 아름다운 나무들은 우리가 이 오래된 집에 푹 빠지게 만든 요인들 중 하나입니다. 우리 중 그 누구도 혼자서는 이렇게 멋진 잔디밭을 유지할 수 없었을 겁니다.

이사하느라 진이 완전히 빠졌지만 이 순간을 사랑하지 않을 수없네요. 이사한 지 한 달밖에 되지 않아 12시간 동안 집을 개방하는 파티를 주최하고 200명을 위해 저녁식사를 준비하는 건 미친

우리의 집들이 초대장

짓인지도 모릅니다. 하지만 이사라는 모험 덕분에 아드레날린이
치솟아 어떤 일이든지 해치울 수 있을 것처럼 느꼈습니다.

이 오래된 집은 놀라울 정도로 멋진 모습을 자랑합니다. 4주밖
에 안 되는 시간 동안 계획을 세우고, 물건들을 선별하고, 각자의
짐을 옮겨오느라 정신없이 지낸 것에 비하면 지금으로선 우리가
보여드릴 수 있는 가장 좋은 모습인 게 분명합니다.

거실이 고풍스러우면서도 한편으로 현대적으로 보일지 모릅니
다. 하지만 색깔이 서로 보기 좋게 잘 어우러지고 특히 초록색 소
파가 완전히 다른 스타일의 카펫 패턴들 사이를 잘 이어주고 있
네요. 각자 가져온 가구는 전부 각양각색이었지만 제자리를 잘 찾

있습니다. 진이 가져온 파스텔 색깔 깔개는 큰 내닫이창이 있는, 뒤뜰과 정원 경치가 멋진 작은 방에 잘 어울립니다. 우리는 불협화음 속에서도 제법 훌륭한 하모니를 만들어냈다고 기뻐했지만 진의 딸인 모린은 인테리어에 대해 생각이 전혀 다르더군요.

"다 따로 노네, 그치?"

이 집에 이사 들어온 이후 우리는 약간 개척자가 된 듯한 기분이었습니다. 새 이웃들은 처음 만나는 순간부터 탄성을 질러댔습니다.

"오! 그 세 분 중의 한 분이군요……. 꼭 '골든 걸스(The Golden Girls, 1985년부터 1992년까지 미국 NBC에서 방영한 시트콤. 마이애미에 있는 집에 함께 사는 네 명의 할머니들 이야기이다 – 옮긴이)' 같아요. 잘 돼가나요? 정말 멋져요. 저도 '코뮌'에 들어갈 수 있을까요?"

진은 이사 온 주에 개인 예금계좌의 주소를 변경하러 은행에 갔는데, 심지어 금전출납계 직원마저 우리 이야기를 빠삭하게 알고 있었습니다. 여러분도 충분히 상상이 가겠지만, 우리 이웃분들은 막 이사 온 세 여자에게 어떤 사연이 있는 건지 궁금해했습니다. 그분들 중 많은 분이 오늘 집들이에 참석하셨네요. 벌써 우리의 모험 정신에 푹 빠지신 것처럼 보입니다.

쑥스러워하지 마세요. 그릴에 시시케밥(중동 지역 요리로 양고기, 쇠고기 등을 포도주, 기름, 조미료로 양념해서 꼬챙이에 끼워 구운 것 – 옮긴이)이 잔뜩 있으니 맘껏 드시기 바랍니다. 닭고기, 쇠고기, 두

부 등도 다양하게 있습니다. 테라스용 테이블에 음료도 준비되어 있습니다. 종이접시, 냅킨, 컵 들이 다 제각각인 건 양해해주시리라 믿습니다. 망설이지 마세요. 클로버가 그려진 접시에 추수감사절용 냅킨, 생일파티용 종이컵을 조합해 여러분만의 특별한 한 끼를 만들어보세요.

사실 이 기이한 모음에는 특별한 의미가 있습니다. 우리가 어떠한 사람이고 무엇을 만들었는지 조촐하게 보여주는 것이죠. 이 종이접시들과 냅킨들은 우리 각자가 어른이 된 후 꾸렸던 가정생활(모두 합쳐 123년이나 되죠!)에서 남은 종이 제품들입니다. 하우스 투어를 하는 동안 여러분은 우리가 각자 가져온 가구들이 서로 얼마나 잘 어울리는지 보시고 깜짝 놀랄 겁니다. 세 사람 모두를 합쳐 82년의 결혼생활과 41년의 싱글생활 동안 죄다 개별적으로 사들인 물건들이란 걸 고려해보면 말이죠.

지금은 모든 것이 잘 정리된 것처럼 보이지만 몇 개월간의 야단법석 끝에 가까스로 정리한 거랍니다. 순식간에 이 오래된 집을 구입하고서 우리의 인생은 완전히 뒤바뀌었습니다. 사실 우리도 갑작스러운 결정에 깜짝 놀랐습니다. 물론 주위 사람들도 그랬고요.

공동주거를 시작하겠다는 계획에 대해 어떻게 생각하느냐고 한 친척에게 이메일로 묻자 답장으로 딱 한 마디만 보냈더군요. "하지 마." 하지만 일단 놀라움이 가시고 나자 가족들, 친구들, 이웃들 모두 긍정적인 반응을 보여줬습니다.

일부 손님들은 이곳의 공동체 정신에 흠뻑 취해서 현재 여러 시간째 파티를 즐기고 있습니다. 한 이웃분은 딸이 가장 좋아하는 신생님이 오신 걸 발견하고 깜짝 놀랐고 그 바람에 근처 십대 아이들이 파도처럼 밀려와 잠깐 서로 만나고 갔습니다. 마음 놓고 원하시는 만큼 길게 머물다 가시기 바랍니다.

참, 가시기 전에 키가 껑충한 남자분인, 조지와 이야기를 나눠 보세요. 조지는 우리 삶의 방식에 강하게 끌린 나머지 섀도론에 빈자리가 나면 들어오려고 대기자 신청서를 만들었답니다. 물론, 조지의 이름이 맨 위를 차지하고 있죠. 두 가지만 해결된다면 가능할지도 모르겠네요. 조지의 부인 패티가 신청서에 재빨리 손을 뻗지 못해 후보 6번이라는 것과 우리 중 누구도 섀도론을 떠날 생각이 없다는 것 두 가지 말입니다.

집들이 파티를 하는 동안 많은 사람들이 책을 써보는 게 어떠냐고 제안했습니다. 그래서 이렇게 책을 쓰게 됐습니다. 그럼 이제 본격적인 섀도론 이야기를 풀어보겠습니다.

서프라이즈, 모두 잠든 한밤중에 배달된 친구들의 깜짝 선물!

용감한 세 여인. 왼쪽부터 캐런, 진, 루이즈

사람들을 소개합니다

먼저 여러분에게 우리 각자에 대해 자기 목소리로 조금 소개하고 싶다. 우리의 직업, 가족, 개인적으로 중요한 것들이 무엇인지, 우리 자신을 어떻게 바라보고 있는지 등에 대해 말이다.

'단순함 속의 우아함' ― 캐런

나는 극과 극의 성향이 있다. 누군가 하루의 절반 동안 내가 일하는 모습을 지켜본다면 내 삶이 잘 구조화되어 있고 체계가 잘 잡혀 있다고 말할 것이다. 하지만 나는 안정된 삶 대신 변화, 여행, 모험을 선택하는 승부사이기도 하다. 고객들을 위해서는 흔쾌히 발 벗고 나서지만 자동차검사 마감일 같은 개인적 일들은 무시하곤 한다.

말하자면 우선순위의 문제다. 내 자신의 필요보다 다른 사람들의 필요를 우선시하는 것이다. 나는 항상 다른 사람들을 돕는다. 하지만 정작 나 자신은 독립적 성향이 너무 강해서 다른 사람들이 베푸는 친절을 잘 받아들이지 못한다. 진과 루이즈가 계속 노력 중이긴 하지만.

나는 기기 마니아이다. 멋진 디자인의 최신 기기를 보면 정신을 못 차린다. 이런 특징은 집에 최소한의 물건들만 놓고 싶은 마음과 충돌한다(나는 불교 신자가 되어서 물질적 탐욕을 버릴 것이라고 농담 삼아 얘기하곤 한다. 물론 원하는 걸 모두 다 가진 후에).

내 책꽂이에 꽂힌 책들은 내 주된 취미들을 잘 보여준다. 요리, 사진, 역사소설 읽기(제일 좋아하는 작가는 도로시 더네트이다), 정원 가꾸기이다. 장미덤불이 있는 정원을 위해 조사하고 준비하는 데 한 달 정도는 기꺼이 쓸 요량이 있다. 매혹적인 장미들이 피어날 테니까.

나는 오래전에 결혼했고 오래전에 이혼했다. 나는 젊은 사람들에게 조언과 도움을 주는 것을 좋아한다. 작은 대학에서 일할 때 가르쳤던 학생들, 친구들이 낳은 아이들을 포함해서 말이다.

친구들은 나를 '비어즐리(고양이) 엄마'라고 부른다. 나를 잘 모르는 사람들은 내게 비어즐리라는 아들이 있는 것으로 오해했을지도 모른다. 하지만 비어즐리는 검은색과 흰색이 섞인 암컷 고양이로 영국의 삽화가인 오브리 비어즐리에게서 이름을 땄다. 오브리 비어즐리는 검은색 잉크를 이용하여 흑백 대비가 강렬한 그림을 그렸던 삽화가이다.

미학적으로 나는 '단순함 속의 우아함'을 추구한다. 주변에 너무 많은 물건을 늘어놓는 것은 딱 질색이다. 가차 없이 내 가이드라인을 적용한다. 만약 어떤 물건을 최근 사용하지 않았거나 그 물건에 정서적인 가치나 금전적인 가치가 없다면 망설이지 않고 처치한다. 주로 누군가에게 주는 방법을 택한다. 그 기준에 맞춰 작은 시골집을 고양이 한 마리와 내가 살 수 있는 작은 공간으로 완벽하게 개조했다. 하지만 그 영국식 시골집의 정원이 완성되는 것을 끝내 보지 못하고 섀도론으로 이사 와야 했다.

'빛의 속도로 움직인다' ─ 진

캐런 그리고 루이즈와 함께 섀도론에 살기 전 4년 동안 나는 삶의 중대한 변화들을 연이어 겪었다. 사업을 시작했고, 할머니가 됐으며, 직업을 바꿨고, 39년 동안의 결혼생활을 뒤로하고 이혼을 했다. 그리고 일반 주택에서 임대 복층 아파트로 이사했다가 마침내 섀도론으로 이사했다.

해야 할 일이 많기 때문에 나는 항상 빨리 움직인다. 단 하나도 놓치고 싶지 않다. 특히 친구들, 가족들과 즐겁게 보낼 수 있는 기회는 절대 놓치기 싫다. 내게는 사람들이 가장 우선이다. 나는 독립적이고 똑똑하고 진실하고 친절한 사람들을 좋아한다. 나는 사람들을 잘 보살피는 사람이지만 동등한 우정을 추구한다.

나는 여러 가지 일을 한다. 파트타임으로 간호사 일을 계속하면서 동시에 집에 사무실을 두고 사업체를 경영하고 있다. 사회 정의와 환경에 관심이 많고 정치에 흥미가 있어서 그 분야에 기꺼이 돈과 시간을 투자한다.

때때로 나는 이 모든 관심사와 가치를 한데 모아 일을 벌인다. 세상에 만연한 인간의 부조리를 자각하기 위해 시와 노래로 교회 프로그램을 만들었던 것처럼 말이다. 내 간호 전문분야는 유머 치료이다. 유머 치료는 사람들에게 유머와 웃음의 관점을 선택하게 해 스트레스를 낮추고 부정성을 반대로 바꾸어 자신을 치유하도록 돕는 방식이다. 나는 엉뚱하면서도 현실적이다. 낙관적이긴 하지만 재정적 현실과 재정적 안정성에 대해 늘 신경 쓰고 사전 대책을 강구한다. 내 아이들과 그 아이들이 꾸린 가정들은 내게 제일 중요하다. 나는 내게 중요한 일에만 시간과 에너지를 투자한다. 인생은 짧다.

나는 이것저것 조화롭게 절충한 스타일을 좋아한다. 약간 목가풍인 것, 골동품, 현대적 세련미, 크리스털, 도자기, 바틱(batik)에서 비단에 이르기까지 다양한 옷감과 커튼, 깔개류를 위한 직물들. 이 모든 것들은 내게 어떤 느낌을 주는지에 따라 선택된다. 어떤 물건이 얼굴에 미소를 짓게 만든다면 그 물건은 내 편이다. 우리의 물건들을 합쳐놓으니 평범한 공간에 활기가 돌았다. 그래서 나는 자주 물건들을 옮기면서 제일 좋은 자리를 찾곤 한다. 그러면 대체로 다른 누가 그것을 제자리로 돌려놓는다. 이런 게 공동체 안의 삶이다.

다른 사람들은 내가 '자기 모습 그대로 행복하다'고 생각한다. 하지만 곁에서 봐선 모르는 법이다. 사람들은 내가 확신에 차 있고 자기 의견을 고집하기 때문에 내가 극도로 자신감이 넘친다고 생각한다. 빠르게 결론으로 점프하는 경향이 있긴 하지만 나는 되도록 공정하려고 노력한다. 아마 나를 잘 아는 사람들은 내가 새로운 아이디어에 적응하는 데 시간이 필요하다는 사실을 알고 있을 것이다. 하지만 결국 그들의 관점에 동조하거나 최소한 절충한다는 사실도 알 것이다. 나는 단호하게 내 방식으로 일을 하면서도 항상 융통성을 잃지 않으려 노력한다. 다른 사람들에게 어떤 영향을 미치는지 지켜보면서 그에 맞춰 조정한다.

내 핵심 신념 중 하나는 사람들이 자신이 믿는 것을 위해 더 목소리를 높여야 한다는 것이다. 설령 그것이 쉽지 않을 때에도 말이다. 나는 내 원칙에 따라 실용적인 방식으로 살려고 노력한다. 캐런처럼 나도 매우 독립적이고 도움을 청하는 것을 싫어한다. 다른 사람들이 나를 필요로 할 때는 기꺼이 행복한 마음으로 도와주지만 말이다.

내 직업은 임상심리학자이고 아이들, 성인들, 가족들에게 서비스를 제공한다. 바쁜 일정을 잘 소화하지만 마음 한편엔 더 많은 시간을 책을 읽거나 마당과 정원에서 골프를 치면서 보내고 싶은 마음이 있다. 나는 정치적 논쟁 혹은 지적인 논쟁을 정말 좋아한다. 논란이 많을수록 좋다. 또한 내가 꽤 괜찮은 아마추어 가수인

게 자랑스럽다.

섀도론에 이사 오기 전, 나는 이혼 후 6년 동안 혼자 행복하게 살았다. 바쁜 생활 덕분에 집에 있을 시간이 거의 없었고 외로울 틈이 없었다. 그러던 어느 날 문득, 여러 사람의 의견을 절충하여 어수선한 스타일로 알록달록하게 꾸몄던 복잡한 작은 집(아들딸을 키운 집)에서 벗어나 사는 것이 낫겠다는 생각이 들었고, 실제로 행동에 옮겼다.

'강인하고 거침없는 고양이' — 비어즐리

우리 친구들 사이에는 한 가지 규칙이 있다. 친목 모임에서 자기가 키우는 애완동물 이야기를 장황하게 떠들면 안 된다는 규칙이다. 다른 사람들이 지루해할 수 있으니까. 하지만 여기에서는 그 규칙을 어겨야 할 것 같다. 비어즐리가 없었다면 이 모험을 감행하지 못했을 것이다. 비어즐리는 턱 부분에 수염이 나 있고 검은색과 흰색이 잘 어우러진, 혈기 왕성한 암컷 턱시도 고양이다.

비어즐리는 강하다. 고양이라기보다 휴머노이드(인간의 신체와 유사한 모습을 갖춘 로봇 — 옮긴이)에 가깝다(모두들 자기 고양이에 대해서 이렇게 말한다는 건 잘 알고 있다). 비어즐리는 의지가 강할 뿐만 아니라 기분 변화가 심하기도 하다. 보통 때는 온순하게 행동하지만 잘못 건드리면 화를 내고…… 다른 사람의 화를 돋우기도 한다.

이를 가장 잘 보여주는 사례가 있다. 지금은 따뜻한 기억으로 남아 있지만 그 당시만 해도 정말 화가 머리끝까지 치솟았다. 기금 마련 행사를 하던 날이었는데 일부 손님들에게 고양이 알레르기가 있어서 비어즐리를 집 밖에 내놓았다. 비어즐리는 슬그머니 들어와 앙갚음을 했다. 앉아 있는 손님들 무릎 위를 질주하고, 손님들 디저트에 얹어져 있는 거품크림에 꼬리를 담그고, 커피잔을 넘어뜨리고, 그러고 나선 무슨 일이 있었나 싶게 순식간에 자취를 감췄다.

하지만 또한 비어즐리는 꼭 껴안고 싶은 마음이 절로 드는 사랑스러운 고양이다. 비어즐리 덕분에 모든 것이 시작됐다.

비어즐리는 아마 이렇게 생각할 것이다.

'물론이지. 세상은 날 중심으로 도는걸.'

세상은 날 중심으로 돈다니까!

이게 다 고양이 때문이야!

우리 세 사람은 서로 오랫동안 알고 지냈지만 친한 친구 사이는 아니었다. 그렇다면 어쩌다가 우리는 한집에 사는 이 모험에 겁 없이 뛰어들게 되었을까?

인생은 신기하다. 동떨어져 있는 사건들이 다른 사건들과 줄줄이 얽혀 결국 사람들을 서로 만나게 만들고 그들의 인생을 바꾸는 것을 보면 더욱 그렇다. 캐런이 비어즐리를 위한 집을 찾고자 했던 것이 우리가 협동주택을 만들게 된 계기였다. 비어즐리는 그당시 열한 살이었다.

1990년대에 캐런은 직업을 바꿨다. 처음 얼마간은 집에서 일을 했는데 점점 출장이 늘어갔다. 그러다가 어느 날 서부 해안 프로젝트를 맡게 됐는데 유감스럽게도 비어즐리를 데려갈 수 없었다.

어느 날 밤 우리 모두가 모인 자리에서 캐런은 눈물을 글썽이며 자신이 처한 딜레마를 털어놓았다.

"비어즐리에게 새 집을 찾아주려 갖은 애를 다 써봤어. 앙증맞은 광고도 내보고, 진지하게 호소도 해보고, 친구들에게 부탁도 해보고, 안락사를 시키지 않는 보호소도 알아봤어. 하지만 보호소에서도 비어즐리를 받을 수 없대. 이렇게 나이 든 고양이를 원하는 집이 없다는 거야. 집을 찾아줄 수도 없고, 데려가서 호텔에서 살게 할 수도, 서부 해안에서 코요테의 먹잇감이 되도록 내버려둘 수도 없어. 절대 비어즐리를 버리지 않을 거야. 하지만 선택의 여지가 없어. 사람들은 내가 늘 해결책을 잘 찾아낸다고 생각하는 것 같지만 이번엔 아니야. 어떻게 해야 할지 진짜 모르겠어. 내일 아침 수의사에게 전화를 걸어서 다른 사람들은 이런 상황에 어떻게 하는지 물어봐야 할 것 같아."

그때 루이즈가 목소리를 높였다.

"잠깐만. 나한텐 안 물어봤잖아. 우리 공동양육권을 행사하도록 하자. 네가 출장을 가 있는 동안 내가 우리 집에서 비어즐리를 돌볼게. 네가 집에 돌아오면 다시 데려가면 되잖아. 뭐, 한두 달 동안만이니까."

캐런은 크게 안도하며 루이즈의 제안을 받아들였고 덕분에 비어즐리는 무사할 수 있었다. 그날 밤, 캐런의 휴대폰이 울렸다. 캐런이 남의 도움을 쉽게 받지 않는다는 사실을 알고 있는 루이즈가 자신의 진심을 재차 확인시켜주기 위해 전화를 한 거였다.

그렇게 비어즐리는 루이즈의 집에 한 자리를 차지하게 됐다. 알

파캣인 비어즐리는 불쌍한 피치(루이즈의 고양이)에게 겁을 줘 사실상 피치가 지하로 거처를 옮기도록 만들었다. 인생이 늘 그렇듯, 캐런의 프로젝트는 연장됐다. 한 달이 6개월이 되고 6개월이 1년이 됐다. 비어즐리는 계속 루이즈의 집에서 지냈고 캐런과 루이즈의 집을 왔다 갔다 하는 데 익숙해졌다. 비어즐리는 캐런이 돌아오면 캐런과 함께 지냈고 캐런이 출장을 가면 루이즈와 함께 지냈다. 생활공간이 바뀌는 것은 아무 문제가 없었지만, 조그마한 고양이 캐리어에 갇혀 다른 집으로 실려 가는 것은 몹시 굴욕감이 느껴졌기 때문에 비어즐리는 이동하는 내내 비통하게 울부짖었다.

한편, 잦은 출장 덕에 캐런에게는 항공사와 호텔 적립 포인트가 엄청나게 쌓여갔다. 루이즈가 고양이를 돌보는 대가로 돈은 절대 받지 않으리라는 걸 아는 캐런은 적립 포인트를 이용해 나파 밸리와 샌프란시스코로 '공짜' 여행을 가자고 루이즈를 설득했다. 이 여행을 계기로 캐런과 루이즈는 비로소 진정한 우정을 쌓기 시작했다.

1년이 2년이 되고, 다시 3년, 5년이 됐다. 비어즐리는 변함없이 두 집 사이를 왔다 갔다 하며 살았다.

캐런이 루이즈에게 폐를 끼치는 것에 대해 느끼는 죄책감을 해소하기 위해 떠나는 이 감사 여행은 이제 '연례 비어즐리 죄책감 여행(Annual Beardsley Guilt Trip)'이라는 우스꽝스러운 별명이 붙었다. 이 여행을 통해 캐런과 루이즈는 좋은 상황, 실망스러운 상황, 스트레스 가득한 상황 등에서 서로가 어떻게 대처하는지 엿볼 수 있는 기회를 얻었다. 가장 놀라운 발견은 캐런이 낭만주의자이고 루이즈가 실용주의자라는 사실이었다(사람들은 이들이 그 반대일 거라고 생각한다). 함께 여행을 하면 그 사람이 어떤 사람인지 알게 된다.

그무렵 진과 진의 남편은 39년의 결혼생활을 뒤로하고 각자의 길을 가기로 결정하고서 원만하게 합의 이혼을 했다. 어느 날 점심을 먹으면서 진의 친구들은 진에게 새로운 인생의 장을 열기 위해 특별한 모험을 계획해보라고 권유했다. 진은 순순히 캐런, 루이즈, 그리고 다른 친구 한 명과 함께 다섯 번째 연례 비어즐리 죄책감 여행에 함께하기로 결정했다. 그 여행이 끝날 때쯤 우리 모두는 서로를 상당히 잘 알게 됐다. 비어즐리는 우리를 한데 모아주었다.

내가 없었으면 어쩔 뻔했냐고.
어쨌든 나를 보살펴주기로 결심한 건 제법 잘한 일이야. 아, 졸려 냐옹!

'아, 이놈의 인기······'

나중에? 왜 지금이면 안 되지?

천성적으로 계획을 잘 세우는 캐런은 은퇴와 이후의 삶에 대해 이야기하기 시작했다. 은퇴하려면 아직 멀었는데도 말이다. 진과 루이즈도 캐런과 마찬가지로 싱글인 데다 셋 다 거의 같은 시기에 은퇴할 터였다. 우리는 은퇴와 노후생활의 몇 가지 방식들을 알고 있었지만 그 중 어떤 것도 우리에게 딱 맞는 것 같지 않았다. 우리는 우리가 변함없이 젊다고 느꼈고 '나이를 먹지 않는다고 (ageless)' 생각했다. 우리 셋 다 다가올 미래에 각자의 집에서 독립적으로 살 계획이었다.

하지만 싱글 여성으로서, 우리는 각자 거주지를 관리하고 유지하는 책무가 부담스럽게 느껴지기 시작했다. 앞으로의 10년이나 20년을 내다봤을 때 혼자살기의 부담은 점점 더 무거워질 것 같았다. 예를 들어, 명절을 위해 집안을 장식하고 준비하는 일은 재미있긴 하지만 혼자 하기에 만만치 않게 큰일이다. 파티를 여는 일도 멋지긴 하지만 참석한 사람들 모두가 떠나고 지저분한 그릇만 잔뜩 쌓여 있는 주방에 혼자 있노라면 상당히 외롭게 느껴질 수 있다.

우리는 나이를 먹을수록 다른 사람과 같이 살아야 할 필요가 더 커질지도 모르겠다고 생각했다. "만약 혼자 살다가 응급실에 가야 할 일이 생기면 어떡하지?"와 같은 주제로 자주 이야기를 나눴다.

대화를 나누면서 우리는 세 명의 개인이 세 채의 주택을 유지하는 것은 사람들과 인간관계를 가장 우선으로 생각하고 자연환경에 인간이 책임을 져야 한다는 입장인 우리의 가치관과 일치하지 않는다는 사실을 깨달았다. 은퇴 주택을 함께 구입하는 것이 좋을 것 같았다. 곧 농담 삼아 우리의 희망사항을 '수다쟁이 노파들의 코뮌'이라고 부르기 시작했다. 하지만 농담은 우리끼리만 했다. 다른 사람들의 염려나 질투를 야기하고 싶지 않았기 때문에 다른 곳에 이야기를 흘리지는 않았다.

몇 달 동안 가볍게 아이디어를 주고받았다. 그냥 재미삼아서 우리가 꿈꾸는 은퇴 청사진을 그려보기 시작한 것이다. 관절 노화에 자쿠지(물에서 기포가 생기게 만든 욕조 – 옮긴이)가 필요하지 않을까 진지하게 고민하기도 했다. 가장 중요하게 우리는 각자에게 어느 정도의 프라이버시가 필요할지 논의했다.

이 가벼운 논의를 통해 우리는 세 사람이 공유하고 있는 가치관에 대해 많은 것을 알게 됐다. 우리 모두에게 최우선 순위는 가족들과 친구들이 우리의 집을 만남의 장소로 여기는 것이었다. 따뜻하고 화기애애하고, 흥미로운 대화와 웃음이 넘쳐나는 곳. 하지만 공통의 가치관에도 불구하고 우리 각자는 이 고위험 벤처사업에 뛰어들 때 서로 다른 관점을 가지고 있었다.

진의 관점: '재미있는 놀이'

은퇴 후 친구들과 함께 사는 것이라…… 참신한 아이디어라고 생각했다. 나는 남편과 갈라선 후 복층 아파트를 빌려 혼자 살고 있었다. 이전에 한 번도 혼자 살아보지 못했기 때문에 생애 처음으로 자유와 독립을 만끽하고 있었다. 하지만 가끔 외로운 게 사실이었고 잔디깎기나 눈 치우기 같은 부담스러운 집안일들은 전혀 달갑지 않았다.

나는 사람들과 어울리길 좋아하는 사람이다. 또 다른 사람들과 인생 경험을 함께하는 것을 좋아한다. 이 은퇴 아이디어는 독립성을 유지하는 동시에 비슷한 사람들과 인생을 공유할 수 있는 훌륭한 방식일지도 몰랐다. 게다가 집안일과 생활비를 나누는 것에 단점이 있을 리가 없었다.

우리는 만날 때마다 이 아이디어에 대해 의견을 주고받았다. 은퇴와 관련된 인터넷 사이트를 체크하고 이상적인 지역의 기준도 정하기 시작했다. 우리 셋 모두 '노후'에 평화와 만족을 찾을 수 있게 완벽한 장소를 찾기 바라면서 서로가 찾아낸 결과들을 비교

했다.

처음에 나는 이것이 성공할 가능성이 별로 없는, 재미있는 취미거리 정도라고 생각했다. 하지만 흥미가 점점 커졌고 우리는 은퇴후 공동생활의 여러 방식들을 더 면밀하게 살펴보기 시작했다.

탐색을 하는 동안 아주 흥미로운 방식들을 발굴했다(왠지 모르지만 우리는 이때까지 계획공동체 네트워크를 발견하지 못했다). 이메일들이 왔다 갔다 했고 인터넷 사이트 링크와 각자의 의견을 주고받았다.

우리가 아는 한, 우리의 아이디어를 정확하게 설명해주는 입문서는 없었다. 우리 스스로 전략을 개발해야 한다는 사실을 깨달았고 정식으로 계획 작업을 하기로 했다. 한 달에 한 번 일요일에 점심을 먹은 후 오후에 브레인스토밍을 할 생각이었다. 우리는 매번 안건을 정해 솔직하게 토론하고 지난번 회의 이후로 각자가 한 조사 결과들을 공유하기로 했다. 차트와 메모를 이용하기로 하고 각자에게 임무를 할당했다. 우리는 이 과정이 공동체 만들기 작업의 첫걸음이라고 생각했고 최소한 1년의 계획 기간이 필요할 것이라고 예상했다.

하지만 결과적으로 우리는 2004년 4월 25일에 딱 한 번의 회의만 했다. 뒤에 나올 차트들을 보면 알겠지만 우리는 매우 진지하게 신중하고 장기적인 계획을 세우려 했다. 이 모험을 어떻게 해나가야 할지에 대해서는 차차 생각을 다듬어갈 생각이었다. 그리고 그 과정에서 서로에 대해 충분히 알게 돼서 우리가 이 계획을 계속 진행시켜야 하는지 말아야 하는지 결정할 수 있으리라 기대했다.

캐런의 관점: '흥미로운 계획 과정'

새로 컨설팅 일을 시작하고 나서 나는 재정 상태를 장기적으로 안정화시킬 기회뿐만 아니라 넓은 세상을 볼 수 있는 기회도 얻었다. 때로는 샌프란시스코 만 지역처럼 인기 있는 곳에서 일했고 때로는 미시시피 강 연안을 따라 자리한 습지에서 일했다. 나는 늘 그 지역의 문화 활동에 참여하고 그 지역만의 고유한 아름다움을 보기 위해 최선을 다했고 카메라 렌즈를 통해 관찰하기도 했다.

이 업무 경험은 개인적 시야를 넓혀주었다. 나는 직원들에게 긍정적이고 건설적인 피드백을 주고 이런저런 지원을 아끼지 않는 회사에 다니고 있다. 처음 몇 년 동안 내 자신에 대해 그리고 다른 사람들과 함께 일한다는 것에 대해 많은 것을 배웠다. 특히 다른 사람들이 세상을 어떻게 바라보는지에 대해 이해가 더 깊어졌다.

이 훌륭한 선물과 더불어 항공과 호텔을 이용할 수 있는 여행 포인트가 잔뜩 쌓여갔다. 이 포인트는 우리의 연례 비어즐리 죄책감 여행을 지원해주었다.

하지만 출장을 더 자주 다닐수록 집을 관리하고 우정을 유지하는 것이 점점 더 어려워졌다. 출장 중에도 인터넷을 이용해 도급업자와 디지털 사진을 주고받으면서 작은 시골집을 수리해야 했다. 또한 훌륭한 하우스 매니저를 고용해 집을 청소하고 우편물을 관리하고 주택 유지와 관련해서 생기는 문제들을 해결하도록 했다.(겨우 방 네 개짜리 집에 하우스 매니저가 필요하다니!) 다른 사람들을 고용해 개인 일들을 처리하게 함으로써 집에 있는 짧은 시간 동안 친구들과의 우정에 집중할 수 있었다.

이런 생활을 계기로 나는 내가 얼마나 가족들과 친구들을 소중히 여기는지에 대해 다시 생각하기 시작했다. 나 자신을 위한 혼자만의 세계를 만들었고 그곳에서 충분히 행복하지만, 그 세계에는 사람들과 함께 사는 것이 주는 따뜻함과 즉흥성이 결여돼 있다는 걸 깨닫게 된 것이다.

은퇴를 미리 계획하면서 나는 삶의 방식을 바꿔야 할 필요가 있다는 사실을 깨달았다. 집을 관리해야 할 책임은 점점 더 커질 것이고 어느 지점에서는 내가 감당할 수 없어질 것이다. 모두가 그렇듯 나 또한 언젠가는 혼자 힘으로 살 수 없게 될 가능성이 높았다. 게다가 통계상으로 봤을 때 재혼할 가능성도 낮았다.

몇 년 동안 이 문제를 혼자서 숙고하다가 점차 루이즈와 진과 함께 이 문제에 대해 이야기하기 시작했다. 우리는 신중했다. 애초에는 훨씬 더 긴 기간을 계획 과정에 쓸 생각이었다. 새로운 가능성을 기꺼이 탐색해보고자 하는 두 사람을 찾았다는 사실 자체가 엄청나게 운이 좋았다고 할 수 있다. 처음에는 둘 다 그저 동조하는 척했지만 말이다.

첫 실무회의 때는 웃음이 빵 터졌다. 직장에 있는 것과 똑같았다. 체계화하고, 흥미를 유도하고, 단순화하고, 서로 격려하고 말이다. 더 깊은 우정과 공동체에 관한 이야기를 나누면서도 각 역할을 우리 모두 돌아가면서 한다는 사실이 안심이었다.

여러분에게 회의의 분위기를 보여주기 위해 실무회의에서 만들었던 차트를 그대로 여기에 실었다. 이 차트는 초기에 우리에게 중요한 것이 무엇이었는지 잘 보여준다.

차트 1

효율적이고 효과적으로 계획을 세우고 최종 결과에 상관없이 친구 관계를 유지하기 위해서 어떠한 것들을 합의해야 할까?

- 긍정적 관점과 부정적 관점 모두를 최대한 일찍, 마음에 떠오를 때마다 입 밖에 꺼낸다.
- 금전 문제에 대하여 명확하고 편하게 이야기한다.
- 재정상담사와 변호사가 검토하기 전까지 금전 문제와 관련된 어떠한 서류에도 서명하지 않는다.
- 각 개인의 재정적 이익, 특히 상속과 관련된 재정적 이익을 보호한다.
- 라이프스타일을 하향 조정하지 않는다.
- 투자 가치가 있는 집, 전매 가치가 있는 집을 구입한다.
- 재정 계획이 튼튼한지 확인한다. 이 계획을 진행하는 것이 혼자 살았을 때보다 더 재정상태가 나아질 수 있는지 확인한다.

좋은 은퇴생활이란 무엇이라고 생각하는가?

- 재정적 안정성
- 친구들과 1주일에 한 번 혹은 그 이상 이벤트 하기
- 1주일에 한 번 사회봉사활동 하기
- 종교 공동체에서 활동하기
- 풍부한 문화 활동: 연극, 음악 공연, 춤
- 교육의 기회: 성인(고령자)을 위한 프로그램, 여행, 교육과정
- 지역 주민의 참여를 환영하는 대학 공동체, 좋은 극장이나 음악
  원이 있는 대학 공동체
- 여행
- 만족스럽지만 호화롭지는 않은 환경
- 좋은 기후
- 안전한 생활환경
- 사진촬영을 위한 시간과 돈(진과 캐런)
- 노래할 수 있는 기회(루이즈)
- 은퇴 후 사업을 할 수 있도록 시장성이 좋은 지역(진)
- 좋은 의료 시설

어떤 지역에 끌리는가?

- 과도하게 습하지 않은 지역

- 90분 안에 공항에 운전해서 갈 수 있는 지역
- 대중교통을 이용해 30분 안에 주요 도시에 통근할 수 있는 지역
- 과세 비율이 낮지는 않다 하더라도 합리적인 지역
- 오염수준이 낮은 지역
- 화창한 날과 비오는 날의 비율이 적당한 지역

차트 4

어떤 혜택이 있는가?

- 비용 절감: 대출금, 공과금, 가전제품, 수리비용, 유지비용
- 상호의존: 기댈 수 있는 사람들이 생김
- 소비 감소: 잔디 깎는 기계, 진공청소기, 기타 등이 한 개만 있으면 됨
- 각자 감당해야 하는 집보다 더 좋은 집에 살 수 있음
- 오락거리 공유
- 관심사 공유, 새로운 시야, 공동 노력

차트 5

어떠한 생활공간을 원하는가?

- 침실 3개
- 욕실 3개, 1명당 하나씩
- 사무실/개인 서재 3개
- 식당

- 거실

- 주방

- 손님들이 공동공간을 이용할 때 프라이버시를 위해 생활공간이 공동공간에서 분리되어 있어야 함

- 쾌적한 실외 환경

차트 6

나중에 대답할 질문들

- 지자체 법규가 단독가구용 주택에 가족이 아닌 사람들이 사는 것을 규제하는가?

- 공동체 생활을 하면서 각자의 독립적 삶을 어떤 방법으로 유지할 수 있는가? 예를 들어 휴일에는 어떤 일이 생길까?

차트 7

다음 기획회의를 위한 숙제

- 진 : 지자체 법규를 조사한다.

- 캐런 : 우리가 고려해야 할 모든 변수를 엑셀로 정리한다. 협동조합과 아파트에 대해 알아본다.

- 루이즈 : 도서관에서 은퇴공동체에 대한 책들을 빌려 요약한다.

　세 시간 동안의 첫 실무회의를 마치고 나서 우리는 서로 은퇴 목표와 은퇴 이후 하고 싶은 일들이 놀랍도록 유사하다는 사실을

알았다. 그리고 바로 그때, 갑자기, 단순한 질문 하나가 뚜렷하게 떠올랐다.

이 계획이 은퇴를 위해서도 이렇게 장점이 많다면, 지금 하면 왜 안 되지?

루이즈의 속마음: 하지만 난 혼자 사는 게 정말 좋은데!

캐런이 "지금 하면 왜 안 돼?"라고 질문을 던지고 진이 동의했을 때 나는 몹시 놀라 어쩔 줄을 몰랐다. 말하기 미안하지만 나는 내 의견을 완전히 솔직하게 이야기하지 않았다. 하지만 어쨌든 그 아이디어에는 동조했다. 왜냐하면, 음, 그들은 내 친구들이기 때문이다. 실제로 내가 어떤 생각을 하고 있는지 진과 캐런에게 말하지 않았다.

'난 정말로 혼자 사는 게 '좋아.' 내 작은 집은 내게 완벽해. 이곳에서 21년 동안이나 살았는데 이사하려면 얼마나 많은 일을 해야 할지 상상해봐. 산더미같이 쌓여 있는 물건들을 정리하고 버려야겠지.

음, 하지만 혼자서 집을 유지하는 건 정말 돈이 많이 들어. 게다가 난 여기에 거의 없는데. 집안일과 의무를 분담할 수 있다면 정말 좋을 거야.'

나는 솔직히 '코먼' 아이디어에 대해 생각이 이랬다저랬다 했다. 딱 잘라서 거절하고 싶지는 않았지만, 어쨌든 전체 계획에 약간 비현실감이 드는 것도 사실이었다.

마침내 나는 내면의 딜레마를 해결하기 위한 간편한 방편으로 현실을 부정하기로 결정했다.

　'그거 알아? 이 일은 결코 이뤄질 수 없을 거야. 시간이 지나 아이디어가 저절로 힘을 잃을 때까지 그냥 흐름에 맡기자. 부동산 중개업자를 따라 몇 군데 둘러보고 나면 분명 적당한 곳이 하나도 없다는 걸 알게 될 거야. 그러면 끝이 나겠지. 게다가 집 구경하는 건 꽤 재미있으니까.'

첫눈에 사랑에 빠지다.

바로 우리가 찾던 집이야!

"지금 하면 왜 안 돼?"라는 운명적인 질문을 던지고 나서 우리
는 초조한 모험심을 안고 회의 자리를 떠났다. 우리는 가능성들
을 조사해보는 데 적어도 6개월에서 1년은 걸릴 거라고 생각했다.
하지만 곧 프로젝트가 너무 매력적이어서 거부할 수 없게 돼버렸
다. 인터넷 검색, 안내 광고 살피기, 부동산 중개업자의 오픈하우
스(구매에 관심 있는 사람들이 주택, 아파트를 둘러볼 수 있게 하는 공
개일 – 옮긴이), 둘러보기가 이어졌다. 모두 우리가 집에서 정말 원
하는 게 무엇인지 생각해볼 수 있는 훌륭한 방법이었다.

처음에 우리는 이상할 정도로 비관적이었다. 어떤 이유에서인
지, 우리는 계속 살고 싶은 곳인 고향 피츠버그 교외에서 적당한
집을 찾을 수 없을 것이라고 생각했다. 만약 이사를 한다 해도 아
직 시간이 한참 남았다고 생각했고 그마저도 확실하지 않다고 생

각했다. 여전히 비현실적으로 보였지만 우리가 함께 꾸는 '꿈'은 점차 더 생생해졌다.

우리는 각자의 필요를 고려하여 세부사항들을 그려보았다. 진과 캐런에게는 각각 홈오피스가 필요했기 때문에 우리는 꽤 크면서도 알맞은 가격의 집을 찾아야 했다. 진과 캐런 둘 다 요리하는 것을 좋아하므로 효율적인 주방 또한 필수였다. 루이즈에게는 피아노와 악보를 놓을 자리가 필요했다. 셋 다 손님들을 초대해서 즐거운 시간을 보내는 걸 좋아하니 공동 거실에 넉넉한 공간이 반드시 있어야 했다. 화장실 3개, 그리고 자동차 3대를 위한 주차 공간도 필수사항이었다. 예쁜 정원이 있으면 금상첨화고.

질문들이 더 많이 생겼다. 오래된 집을 수리하는 게 나을까? 돈을 아끼기 위해 집 자체는 좋더라도 덜 매력적인 지역에 있는 집을 찾아야 할까? 우리는 3주 동안 몇 군데 부동산 중개업소의 오픈하우스를 방문했다. 하지만 어떤 집도 우리가 꿈꾸는 이상적인 공동 생활공간에 들어맞지 않았다.

하지만 어느 일요일 저녁, 모든 질문이 사라져버렸다.

가능성과 거리가 멀어 보이는 몇몇 집들을 차로 지나가고 있을 때였다. 무심코 좌회전을 했을 때 루이즈가 불쑥 말을 꺼냈다.

"섀도론을 지나가보자. 그곳에 사는 친구 집에 가본 적이 있는데 동네가 꽤 아름다웠어."

그리고 그곳에 바로 우리가 꿈꾸던 집이 있었다. 1930년대 풍의 아름답고 고풍스러운 벽돌집 앞, 나무가 빽빽한 앞마당에 '집주인 직접 매매'라고 적힌 작은 표지판이 있었다. 우리는 두 눈을 믿을 수 없었다. 즉시 휴대폰을 꺼내 표지판에 있는 번호로 전화를 걸었다. 아무도 받지 않았다. 실망하여 차를 빼고 있는데, 진이 옆 현관에 누군가 앉아 있는 것을 발견했다. 진이 차에서 용수철처럼 튀어나가며 거의 소리 지르다시피 물었다.

"집 좀 볼 수 있을까요?"

깜짝 놀란 집주인이 우리를 안내했고 우리는 벅찬 기대감에 부풀어서 집으로 들어갔다. 그들에게 폐를 끼치고 싶지 않았기에 우리의 이례적인 상황을 간략하게 설명했다. 집주인인 메리는 미소를 지으며 말했다.

"이 집이 여러분에게 썩 잘 맞을 것 같군요."

그리고 놀랍게도, 그 집은 우리의 필요조건 모두를 충족시켰다.

오래됐지만 매력적인 이 3층짜리 벽돌집은 침실 5개와 화장실 3개 반이 있었기 때문에 모든 사람들의 사무실 필요와 프라이버시 필요를 충족시켰다. 실용적인 주방 그리고 장작 난로(편의를 위해 가스기동기가 달려 있는)가 있는 넓은 거실, 우리의 소장품을 전부 꽂을 수 있는 붙박이 책장도 눈에 띄었다. 식당도 충분히 컸고 나무가 우거진 뒷마당이 내려다보이는 내닫이창이 있는 작은 선룸(큰 유리창을 달고, 흔히 지붕도 유리로 만들어 햇빛이 많이 들어오게 만든 방-옮긴이)도 있었다.

단단한 나무로 된 바닥도 원래의 목공이 살아 있어 매력적이었다. 세월로 인해 색이 어두워지고 개 발톱 자국이 약간 있긴 했지만. 지하에 있는 리모델링한 게임룸은 손님들을 위한 공간이자 진의 손자인, 그 당시 세 살이었던 세스에게 좋은 놀이터가 될 것 같았다. 두 대의 차를 넣을 수 있는 차고가 있고 도로에서 차고까지 진입로가 꽤 길기 때문에 주차 공간도 충분해 보였다. 특별히 흥미로웠던 점은 이 집 2층과 맨 꼭대기 다락방이 스위트룸(침실, 서재, 욕실이 딸린) 두 개와 욕실이 딸린 제일 큰 침실 한 개로 이루어져 있다는 점이었다.

둘러보면서 우리 셋은 의미심장한 눈빛을 주고받았지만 떠날 때까지 서로 아무 말도 하지 않았다. 캐런이 주인의 눈을 보면서 "이 집을 구매하는 걸 진지하게 고려해보겠습니다"라고 차분하게 말했을 때 진과 루이즈는 멍해졌다.

차로 돌아오고 나서야 우리는 흥분에 들떠 서로를 향해 소리를 질러댔다.

"바로 여기야! 완벽해. 구입할 수 있을까? 캐런, 네가 집주인에게 그렇게 말한 게 믿기지 않아!"

우리는 재빨리 계산해보았고 집주인이 제시한 가격이 우리가 평범한 집에 혼자 살면서 개별적으로 드는 비용을 모두 합친 것보다 적다는 사실을 알아냈다.

캐런: "차트 따위는 잊어버려."

진: "이제 현실이야."

루이즈: "내가 혼자 사는 게 좋다 그랬어? 진짜? 언제?"

비어즐리: "물을 할짝거릴 수 있는 변기가 네 개나 생겼군."

우리는 개인 재정 증명서류들을 모아서 전문가들에게 상담을 받기로 했다. 공동생활에 대한 우리의 필수 기준을 모두 충족하는 훌륭한 집을 하루라도 빨리 계약하기 위해서.

두려움과 불안을 넘어

나는 한 걸음 물러서서 생각해보았다. 나는 정말로 가까운 미래에 이 두 사람들과 함께 살고 싶은 것일까? 독립성은 내게 어느 정도 소중한가? 만약 집을 유지하는 책임을 분담할 수 있다면 더 많은 독립성을 가질 수 있을까?

이들 중 내가 유일한 할머니인데, 캐런과 루이즈가 내 세 살 먹은 손자가 방문하는 것에 대해선 어떻게 느낄까? 이 계획에 적절한 금전적 기여를 할 수 있을까? 매우 의지가 강한 두 여성들과 지내면서 내 라이프스타일을 계속 유지할 수 있을까?

그 다음 또 다른 생각이 들었다. 우리 중 아무도 혼자서는 구입할 수 없는 멋진 집에 살 기회가 생겼는데 왜 각각 한 채씩 집을 운영하는 재정 부담과 관리 부담을 계속 져야 하지?

나는 머릿속에 떠오르는 질문들에 답했고 이 기회가 그냥 지나칠 수 없는 기회라고 결론을 내렸다. 내가 신뢰하고 존중하는 두 명의 좋은 친구들과 함께 아름다운 집에서 살 수 있는 기회가 찾아온 것이다. 약간의 두려움을 안고서 나는 다른 두 명에게 합류했다. 우리 인생에서 가장 많은 스트레스를 겪은 두 달이 아니었나 싶다.

드디어 집을 계약하던 날, 서명란이 두 개밖에 없는 작은 사고가 있었다.

돈, 대출, 그 밖에 해결할 것들

원하던 집을 찾았다. 모든 것이 적합했다. 위치, 평면도, 공간, 스타일 뭐 하나 나무랄 데 없었다. 우리 모두는 땅 위로 붕 떠서 걷고 있는 기분이었다. 흥분한 나머지, 즉시 계약을 제안하고 어떻게 지불할지는 나중에 생각하고 싶을 정도였다.

하지만 곧 이성이 돌아왔다. 이성적으로 일을 진행해야 했다. 우리만의 힘으로는 집주인이 직접 매매하는 부동산 계약을 감당할 시간도, 지식도 부족했다. 그래서 재빨리 부동산 중개사와 계약을 맺었고 그 중개사는 일반적인 수수료 비율보다 훨씬 낮은 고정 수수료를 받고 우리를 대행해주기로 합의했다.

또한 우리는 즉시 공정한 재무설계사와 계약을 맺고 집을 발견한 지 4일 후에 첫 회의를 잡았다. 그 4일 안에 다른 누군가 '우리의' 집을 채 가버릴까 봐 조마조마했다. 때때로, 이성적 접근법을 취하는 것은 대단히 힘이 든다.

몽상인가 가능성인가?

우리는 은밀한 개인 정보, 즉 자신의 완전한 재정 상태를 서로에게 보여주기 위해 최초로 프라이버시 경계선을 넘어야 했다. 그즈음 우리는 공동생활이라는 아이디어에 이미 심취해 있었다. 가장 적합한 집을 찾았기 때문이다.

우리는 신뢰하는 친구들과 개인적으로, 윤리적으로, 법률적으로 중요한 약속을 맺는 중이었다. 그래서 각자의 재정 정보를 취합한 다음, 복사본을 공유하고 재무설계사에게 우리의 원대한 계획이 단순한 몽상에 불과한지 현실적으로 가능성이 있는지 자문을 구했다.

무거운 침묵이 흐르는 가운데 재무설계사는 책상에서 우리의 서류들을 주의 깊게 검토했다. 그리고 마침내 그의 의견이 나왔다. "가능합니다."

우리는 꿈꾸던 집을 아무 문제 없이 구입할 수 있었다. 그 시간에 우리 셋은 조금 더 가까워졌다. 민감한 개인 정보를 공유하고 한 단계씩 공동체를 만들어나가고 있었기 때문이다.

또한 우리는 각자의 재정상담사에게 자문을 구했고 그들 모두이 투자가 괜찮고 수익성이 있다고 확인해주었다. 우리는 좋은 투자가 될 수 있는 지역에서만 주택을 구입하겠다는 처음의 결심을 지켰다.

하지만 축배를 들 시간은 없었다. 부동산 중개사가 집주인에게 곧 제안을 해야 했기 때문이다. 얼마간의 협상을 한 후 초조해하며 기다린 끝에 그날 저녁 우리의 제안이 받아들여졌다. 머리가 빙빙 돌았다. 재무설계사와 회의를 하고 제안이 받아들여지기까지 4시간도 채 걸리지 않았다. 이제야 비로소 정말로 축하해야 할 일이 생겼다.

하지만 먼저 우리는 지자체의 조례를 점검해 친족관계가 아닌 개인들의 집단이 법적으로 함께 주택을 구입할 수 있는지 확인했다. 처음에 우리는 지역 조례 안에서 배제 조항을 발견하게 될까 봐 불안했다. 결혼하지 않은 여성들 집단이 함께 사는 것을 금지하는 '성매매 관련법'에 관한 태곳적의 도시 괴담을 들어본 적이 있기 때문이다.

논스톱 회의들이 이어졌다. 대출중개사, 보험중개사, 이 중대하고 다소 독특한 계약의 세부사항들을 마무리 지을 변호사 등과 회의를 해야 했다. 또한 이사업체들을 불러 견적을 받았다. 처음에 우리는 한 이사업체와 세 집의 이사를 같은 날에 동시에 하도록 조정해서 이사 비용을 아끼겠다는 순진한 희망을 품고 있었다. 결론은 불가능하다였다. 다른 현실들도 우리를 압도했다. 집 두 채를 팔고 임대 계약 하나를 파기해야 했다. 세 집에 있는 물품들을 파악해 목록을 만들어 어떤 물품은 새 집으로 가져가고 어떤 물품은 없앨 것인지 결정도 해야 했다. 그 외에도 해야 할 일이 산더미였다. 게다가 우리 모두 계속 풀타임으로 일하면서 해야 하는 일들이었다.

마케팅에 속지 말라

실망의 순간들도 있었다. 우리와 비슷한 길을 가려는 사람들에게 경고가 될 수 있을 것이다. 간단히 말하겠다. 재무설계사, 재정상담사, 대출중개사, 보험중개사 등을 매우 신중하게 선택하기 바란다.

재무설계사는 우리의 상속인들을 위해 이 주택에 개별적으로 자기 자본 할당을 두는 것에 대해 염려할 필요가 없다고 했다. 그는 그 돈을 감가상각비로 생각하라고 가볍게 말했다. 만약 그렇다면 그 돈은 결국 마지막으로 남는 파트너에게 갈 것이다. 그의 의견은 명확하지 않았다. 무책임한 재정 상담처럼 느껴져서 우리는 그 말을 무시했다.

우리에게는 두 개의 주택담보대출이 필요했다. 꽤 많은 비용을 대출하는 첫 번째 주택담보대출과 적은 비용을 대출하는 두 번째 주택담보대출. 이 방법은 주택담보대출 보험금을 지불하는 데 있어 재정적으로 현명한 대안이었다. 주택담보대출 보험금은 우리가 빌려야 하는 돈의 양에 따라 달라진다. 우리는 지인이 강력히 추천한 주택담보대출 중개사와 만났는데 그는 오해의 소지가 있는 정보를 주었다. 그는 자신이 이자 지불 방식(이자 지불 방식 대출의 경우에는 장기간 동안 이자만 먼저 상환한다. - 옮긴이)인 두 번째 주택담보대출만 판매하고 있기 때문에 대출 이자가 그렇게 낮다는(너무 낮아서 믿기 힘들 정도로) 말을 하지 않았다. 하마터면 우리는 주택담보대출의 원금을 상환하지도, 자기 자본을 형성하지도 못할 뻔했다.

다행히 우리는 서명을 하기 전에 이 점을 발견했다. 나중에 알게 된 사실이지만 그의 제안을 거절한 우리의 선택은 천만다행인 선택이었다. 이러한 유형의 주택담보대출이 2008년~2011년에 일어난 미국 주택·금융 위기에 가장 크게 기여했다는 사실을 돌아보면 말이다.

조언하고픈 건 이것이다. 항상 경계를 늦추지 말고 신중을 기울이라. 주택담보대출을 알아보려 한다면 유혹적인 마케팅 술수에 넘어가지 말기 바란다.

우리의 환심을 사려는 대출중개사가 보낸 이 이메일을 자세히 읽어보기 바란다.

캐런, 루이즈, 진 고객님께

지난 토요일에 여러분 세 분을 만나서 얼마나 즐거웠는지 모릅니다. 아내에게 여러분의 계획에 대해 얘기했더니 여러분을 만나보고 싶다고 하더군요. 다름이 아니라, 좋은 뉴스가 있어 알려드립니다. 30년 고정 모기지에 6.25% 이자인 상품과 15년 고정 모기지에 5.75% 이자인 상품을 발견했습니다.

또한 신문에서 광고하는 이자는 '비현실적'이라는 사실을 알려드리고 싶습니다. 우리는 그 이자는 거짓말이고 잘못됐다고 생각합니다. 우리는 매우 경쟁력 있는 회사이고 고객들을 호도하지 않습니다. 우리는 항상 약속을 지키고 고객들을 존중과 정직으로 대하려 최선을 다하고 있습니다. 그러므로 제가 여러분 세 분에게 정직하고 솔직할 것이며 매우 경쟁력 있는 이자율과 최고의 고객서비스를 제공할 것임을 알아주시기 바랍니다. 저를 고려해주시고 신뢰해주신 것에 대해 다시 한 번 감사드립니다.

우리는 자기 편한 대로만 이야기하는 이 편지를 읽고 정신이 번쩍 들었다. 재빨리 다른 주택담보대출 회사의 서비스를 알아봤다. 귀중한 시간이 날아갔지만 어쩔 수 없었다. 우리 셋 각각의 재정적 상황을 가지고 주택담보대출을 신청하니 신용평점이 아주 형편없게 나왔다. 우리의 이례적인 상황 때문에 일반적인 평가 경우보다 기준이 더 높아졌다는 생각이 들었지만 증명할 길이 없었다.

우리 생각에 대출기관은 우리의 자산과 신용평점을 합치는 대신 우리를 별개의 구매자로 평가하는 것 같았다. 결혼한 커플이 주택담보대출을 받는 경우와는 다르게 평가하는 것이다. 한 대출중개사가 우리에게 대출기관들이 겁나서 도망가 버릴지도 모르니 우리가 법적 파트너십을 맺고 있다는 사실을 언급하지 말라고 조언했다. 그래서 우리는 우리의 협동주택 파트너십 협약서에 대해 언급하지 않았다.

우리의 중대한 임무 중 하나는 빨리 법적 서류를 작성해 우리

의 개별적 이익뿐만 아니라 우리 상속자들의 이익을 보호하는 것
이었다. 염려되는 사안들에 대해 많은 논의를 거친 후 부동산 전
문 변호사의 도움을 받아 협동주택 파트너십 협약서 초안을 만들
었다.(이 책의 여덟 번째 이야기 그리고 책 말미에 나와 있는 파
트너십 협약서를 참고하라.)

첫째도 디테일, 둘째도 디테일

기본적인 재정 보호를 받기 위해, 그리고 주택담보대출을 신청
하기 위해 자택 소유 보험이 필요했다.

최종적으로 우리는 집의 소유권을 이전받기 전에 집의 가치와
동등한 보험증권을 제시해야 했다. 몇몇 보험 회사에 자문을 구한
끝에 합리적인 가격을 제시하는 한 곳을 발견했다. 자택 소유 보
험뿐만 아니라 우리 차 석 대에 대한 자동차 보험도 패키지로 하
기로 했다.

각자 책임지고 수도, 전기, 가스, 전화 등의 유틸리티 서비스 중
한 가지씩 맡아 처리하기로 했다. 하지만 말만큼 간단하지 않았
다. 전화 서비스가 가장 큰 문제였다. 루이즈의 집 전화번호를 그
대로 유지하면서 서비스 제공 회사는 다른 곳으로 바꾸기로 결정
했기 때문이다. 게다가 전화 서비스와 케이블 서비스도 조정해야
했다. 진은 홈오피스에서 사업체를 운영하면서 팩시밀리를 사용
하고 캐런은 비즈니스 회의 전화를 길게 한다. 자동응답 시스템도
필요했다. 처음에는 전화 회사의 자동응답 서비스를 이용하다가

세 개의 음성메일함이 지원되는 자동응답기로 바꿨다(전화 건 사람들은 여전히 혼란스러워한다. 아마 초반에 나오는 설명 메시지를 유심히 듣지 않아서 그런 것 같다).

각 단계를 밟을 때마다 우리는 하던 업무를 잠시 멈추고 전화로 짧게 자주 회의를 했다. 또한 날마다 이메일을 교환하면서 이사와 관련된 임무에 얼마나 진전이 있었는지 서로 업데이트했다. 매일같이 연락하다가 알게 된 유머러스하면서도 충격적인 이야기도 이메일에 포함됐다. 마침내 이메일을 읽는 일은 밤에 잠자리에 들기 전과 아침에 일어나자마자 하는 고정의례가 되었다.

매일 정보를 공유하고 의사결정을 하면서 우리 사이의 유대감은 더 공고해졌다. 이미 협동주택에 살고 있는 것처럼 느껴졌다. 아직 이 용어를 만들기 전이었지만 말이다.

이 시간 동안, 우리는 미스터리한 'B-메일'을 받기 시작했다. 결국 비어즐리가 밤에 남몰래 메시지를 보낸 것으로 밝혀졌다. 비록 루이즈의 이메일 주소를 통해 왔지만 'B-메일'은 분명히 비어즐리의 말투였고 우리에게 긴장상태를 풀고 숨 돌릴 수 있는 기회를 선물했다.

보낸사람: 루이즈

받는사람: 캐런

제목: B-메일

친애하는 캐런에게

네가 마침내 정신을 차리게 돼서 정말 다행이야. 내가 그 작은 캐리어 상자에 갇혀서 해마다 우리 집과 큰 사람(Big One, 루이스를 말함 - 옮긴이)의 집을 왔다 갔다 하는 거 얼마나 싫어하는지 잘 알고 있겠지. 나만을 위해 집을 새로 산다는 건 정말 완벽한 계획이야. 변기가 4개나 있다니! 게다가 신선하고 앙증맞은 먹이들로 가득 찬 커다란 뒷마당이라니…….

_너의 유능한 사냥꾼, B로부터

P.S. 고마워!

캐런의 일을 '도와주고 있는' 비어즐리

우리가 가장 사랑하는 시간, 뒷마당에서의 느긋한 한때를 보내는 세 사람.

일 곱 번 째 이 야 기

이사, 세 가구를 하나로 합치기

성숙한 세 성인 가구를 하나로 합치는 일, 마침내 분류의 시간이 왔다! 우리는 각자 살고 있는 현재 집에서 만날 시간을 정한 다음 새 집에서 사용할 물품들을 함께 분류하기로 했다.

같은 품목이 여러 개 있는 경우 우리는 가장 최근에 구입하고, 가장 상태가 좋고, 가장 실내장식에 어울릴 만한 물품을 골랐다. 진공청소기 5대, 파이 접시 25개, 커피메이커 3대, 토스터 3대, 소파 8개, 식탁 3개, 와인 잔 200개 이상, 잔디 깎는 기계 3대, 크리스마스 장식품 18상자를 새 집에 다 가져갔으면 난리가 났을 거다(다행히 벌목용 동력 사슬톱은 1개밖에 없었다. 물론 캐런 거였다).

다음 이메일은 우리가 어떤 것과 씨름해야 했는지 살짝이나마 보여준다. 캐런은 루이즈에게 '테이블 집착증'이 있다고 결론을 내렸다.

보낸사람: 루이즈

받는사람: 진, 캐런

제목: Re: 물품 목록

안녕, 파트너들!

실내 인테리어와 가구 배치에 대해 고민하는 사람을 위해서 내가

가진 물품들 일부를 적어서 보낼게.

- 파일 캐비닛 – 서랍 2개
- 상단이 유리로 된 테라스용 테이블
- 피아노
- 빨강·초록 격자무늬 천 윙체어 2개
- 고풍스러운 빨간색 소파
- 초록·갈색 고리버들 작은 암체어 2개
- 원형 테이블 – 높이 조정 가능
- 앤티크 3단 서랍장
- 단풍나무 5단 서랍장
- 접을 수 있는 앤티크 테이블
- 보조 판이 달린 앤티크 테이블 – 직사각형
- 다과 및 음식 운반대
- 흰색 다리에 타원형 유리판이 놓여 있는 커피 테이블
- 3단 서랍장

- 3단 서랍 작은 테이블
- 고풍스러운 3단 서랍 작은 테이블
- 1단 서랍 작은 테이블
- 단풍나무 식탁
- 흥미롭게 손질된 앤티크 예비 테이블
- 나무·유리·등나무로 된 8각형 커피 테이블

잡다하게 모아놓은 책장은 다 세보지도 못했어. 최소한 7~9개는
될 거야.

_루이즈가

이 일을 제대로 진행하기 위해서는 각자 자신이 소중하게 생각
하는 물품들 일부를 놓아버릴 필요가 있었다. 새 집은 충분히 컸
지만 거대한 정도는 아니었고 수납공간이 많지 않았다. 가장 큰
어려움은 진에게 떨어졌다. 하지만 진은 자신이 너무나 사랑하는
주방가구와 거실 소파가 새 집에 어울리지 않아서 팔아야 할 것
같다는 의견에 흔쾌히 동의해주었다.

개인공간 물품들

'개인공간 물품들(Personal Space Items, PSI)'이란 말이 다소 완곡
한 표현처럼 들리지 않는가. 정말 그렇다. 우리는 세 사람의 물건
을 정리하면서 절대 들이고 싶지 않은 물건을 만났을 때 "절대 안

돼!"라는 말 대신 조금 더 친절한 이 단어를 쓰기로 했다. 주인에게는 소중할지 모르지만 다른 두 사람의 취향과는 맞지 않는 물품이 꽤 많았다. 우리는 그러한 물품들과 솔직하게 정면으로 부딪쳤다. '개인공간 물품들' 혹은 'PSI'라고 부르면서 말이다.

이런 식이다. 물건들을 분류하면서 한 명이 "오, 그건 네 개인공간에 두면 잘 어울리겠는걸"이라고 말하면 그건 주인에게는 만족스러울지 모르지만 공동생활 공간에는 맞지 않을 것 같다는 메시지였다. 이 유머는 예민해질 수 있는 상황을 미연에 가라앉혔다.

개인공간 물품에는 어떠한 것들이 있을까? 각자의 취향이나 그 물품이 집의 나머지 공간에 얼마나 잘 어울리는지에 따라 폭넓게 정의할 수 있다. 예를 들어 루이즈의 거울을 보자. 두들겨 편 주석 형체들이 거울의 틀 위로 쭉 뻗어 있는 커다란 거울이었다. 거실 가구(또는 진과 캐런의 취향)와는 잘 어울리지 않았지만 루이즈 침실의 파란 벽과는 훌륭하게 어울렸다.

또 다른 예를 보자. 진의 플로어 램프는…… 음…… 이국적이었다. 지하에 있는 게임룸의 어두운 구석에 놓으니 완벽했다.

캐런의 어머니가 그린 목련 그림도 있었다. 걸작은 아니었지만 캐런이 어린 시절부터 매일 봐온 그림이었다. 현재 캐런의 침실 한 편에 걸려 있는 그 그림은 캐런에게 오래전 돌아가신 어머니를 떠올리게 하는 좋은 추억물이다.

심각하게 감정이 상하는 일은 없었다. 우리는 확실하고 뚜렷한 취향을 가진 세 명의 개인을 모두 만족시키는 특별한 집을 만들겠다고 결심하고서 통합의 정신으로 묵묵히 앞으로 나아갔다. 때로 우리 중 한 명이 상점이나 카탈로그에서 무언가를 보고 찬사를 보낼 때 다른 누군가 딱 잘라 "PSI야"라고 말하면 메시지는 바로 접수됐다.

각자가 개인 물품들을 분류했다. 놀랍게도 루이즈의 집에서만 트럭 8대 분량의 짐이 출발했다. 필요치 않은 엄청난 양의 남은 물품들은 루이즈의 집에서 연 창고세일에서 판매했고 판매금은 새로 개설한 공동 생활비 계좌에 첫 예금으로 쌓였다. 팔리지 않은 트럭 3대 분량의 물품은 자선단체의 중고품 판매점으로 갔다.

세 집의 이삿짐을 한 집으로 옮기기

우리는 한 번의 엄청나게 큰 이사로 셋의 짐을 동시에 옮길 수 있는 회사를 찾겠다는 바람으로 여러 업체에서 이사 견적을 받아보았다. 하지만 이 생각은 곧 공상으로 밝혀졌다. 스케줄 문제도 문제였지만 엄청난 짐을 없앴음에도 우리 셋은 아직 화가 날 정도로 엄청나게 많은 짐을 가지고 있었다. 동시에 이사를 했다면 완전히 대혼란이 펼쳐졌을 것이다.

그래서 우리는 각각 별개의 이사업체들을 이용해 각기 다른 날짜에 이사를 했다. 한 이사업체를 통해 세 번의 이사 스케줄을 잡는 것에 어떤 경제적 이익도 없었기 때문이다. 우리는 색색의 작은 동그라미 스티커를 상자와 가구에 붙여 몇 층으로 보내야 하는지 표시했다. 몇 년이 지났지만 여전히 가끔 이 색색의 작은 동그라미 스티커가 발견된다. 행복한 추억이다.

우리 세 명은 서로 다른 사람들이기 때문에 이사 스타일도 각자의 개성과 라이프스타일을 반영했다.

- 캐런은 출장 스케줄과 집 계약 만기일 때문에 고생을 좀 했다. 우리가 새 집의 소유권을 가지기 이틀 전에 캐런의 집 계약이 만기됐고 캐런은 이사업체에게 짐을 싸서 보관하게 한 다음 루이즈의 집에서 이틀 동안 머물렀다. 그런 다음 새도론 소유권이 넘어온 다음 날 이사 들어왔다.
- 루이즈는 이사업체에게 큰 가구들만 옮기게 했다. 그런 다음 나머지 짐들은 가족들과 친구들의 도움을 받아 자동차로 날랐다.
- 진은 친구들의 도움을 받아 자기 물건들을 직접 상자에 쌌다. 그런 다음 이사업체에게 상자들과 가구를 나르게 했다.

우리는 루이즈의 집 계약 기간이 8월 중순까지 남아 있는 걸 고맙게 생각했다. 덕분에 캐런과 진은 자기들 집에서 이사 나온 후 머무를 곳이 생겼다. 사정인즉슨 8월의 높은 습도 때문에 새로 수리한 마루의 폴리우레탄이 잘 마르지 않았기 때문이다. 3일이 더 지나고서 우리는 안전하게 이사 들어갈 수 있었다.

루이즈네 집은 혼란 그 자체였다. 루이즈의 딸인 사라는 어린 시절 물건들을 치우는 중이었다. 그 물건들은 사라의 침실 문 밖에서 아래의 거실까지 산더미처럼 쌓여 있어 지뢰밭을 만들었다. 최소 한 명의 사상자는 나올 수 있는 정도였다. 조심스럽게 지뢰밭을 피하던 루이즈는 캐런의 짐 가방에 부딪혀 새끼발가락이 부러졌다. 새끼발가락이 부러지기에 그다지 좋은 시기는 아니었다.

다행히 주말에 루이즈의 부모님이 도착하셔서 짐을 싸고 상자 나르는 것을 도와주셨다. 기진맥진한 하루가 끝날 무렵 루이즈의 부모님은 우리를 밖으로 데리고 가 저녁을 사주셨다. 그곳에서 루이즈의 아버지가 조언을 해주셨다.

"이제, 자매들처럼 지내렴."

이사 과정은 스트레스가 엄청났지만 대부분 좋았다. 우리가 함께 일을 매우 잘했기 때문이다. 상자들과 가구를 3층까지 나르는 걸 포함해서 앞으로 우리 앞에 어떤 일이 닥치든 힘을 합쳐 해결할 수 있다는 자신감이 생겼다.

루이즈의 이사 날, 트럭 2대 분량의 가구가 도착했다. 루이즈는 끙끙대봤지만 결국 한 개 남는 소파를 거실에 어떻게 놓아야 할지 알아낼 수가 없었다. 이사업체는 이미 떠난 후였다. 다행히 친절한 새 이웃이 그것을 간신히 끌고 나가 길모퉁이에 두는 것을 도와주었다. 운이 좋은 누군가를 위한 선물이었다.

미션 완수: 1단계

그렇게 이사가 끝났다. 돌이켜 생각해보면 그렇게 짧은 시간 안에 그렇게 많은 일을 완수했다는 것이 기적처럼 느껴진다. 처음에 그렸던 대로 오랜 시간에 걸쳐 점차적으로 하는 대신, 우리의 타임라인은 연年 단위는커녕 월月 단위로 움직였다. 결과적으로 우리가 오랜 시간을 두고 탐색해보기로 계획했던 세부사항들은 일순간에 해결되어버렸다.

그 모든 게 가능했던 건 우리가 임무를 우선순위에 따라 나누고 서로의 다양한 스타일을 존중했기 때문이다. 염려거리가 생기면 서로에게 명확하게 이야기하는 것이 가장 좋다는 사실을 알게 됐다. 모든 일에 대해 완전히 결론이 날 때까지 충분한 시간을 가졌지만, 그러면서도 효율적으로 논의했고 문제에 대해 장황하게 논하지 않았다. 합의가 이루어지거나 다수결로 결정이 되면 바로 다음 일을 진행했다. 우리는 솔직하고 정직한 스타일로 협력하는 방법을 개발했고 이 방법은 지금까지도 큰 도움이 된다.

공유와 프라이버시의 경계

집에 이사를 오기 전에 우리는 이미 각자 어떤 침실을 쓸지 선택했다. 루이즈는 홈오피스가 필요 없기 때문에 욕실이 딸린 가장 큰 침실을 택했다. 진과 캐런은 2층의 방 2개에 욕실이 딸린 스위트룸과 맨 꼭대기 다락방의 방 2개에 욕실이 딸린 스위트룸 사이에서 어려운 선택을 해야 했다.

며칠 동안 숙고한 후에 캐런이 말했다.

"한쪽 방이 더 마음에 들긴 한데, 하지만 어느 방이어도 난 괜찮아. 진, 네가 결정해."

얼마 후 진은 다락방 공간을 선택했다. 캐런도 2층 방을 선호했다는 사실이 밝혀지면서 모두들 만족스럽게 됐다. 만약 진이 2층 방을 원했다고 하더라도 캐런은 기쁘게 3층 방을 받아들였을 것이다. 아니면 제비뽑기를 했거나.

이러한 '자발적 유연성'은 성공적인 공동생활 공간을 만드는 일의 핵심이다. 공동공간에 함께 살기로 선택하는 것은 각자가 항상 자신의 뜻대로만 할 수는 없다는 것을 의미한다.

짐을 푸는 동안 우리는 소유물 경계선을 설정했다. 공동공간에 있는 물품들은 우리의 작은 공동체가 다 같이 이용할 수 있는 물품들이다. 예를 들어, 이사 직후 진은 거실 책장에서 캐런 소유의 책을 발견하고 빌려줄 수 있는지 물었다. 그때 루이즈가 지적했다. "진, 그 책은 '우리' 서재에 있는 거야." 정말 그랬다.

하지만 우리는 최대한 공유를 권장하면서도 한계를 정했다. 처음부터 우리는 다른 사람의 개인공간(침실, 욕실, 사무실)에 허락 없이 들어가지 않았다. 지금까지 확고부동하게 유지하고 있는 경계선이다.

함께 살기 위한 생존 전략

불확실한 길을 따라 걸어가기로 결정하면서 우리는 우리만의 생존 전략들을 세웠다. 다음은 우리의 선례를 따를지 모르는 사람들에게 추천하고 싶은 몇몇 아이디어이다.

- 각 참여자는 자신이 맡고 있는 모든 임무를 틀림없이 완수해야 한다. 실제로 우리는 그렇게 했다. 이 사실은 우리가 적절한 때에, 적절한 장소에 있는, 적합한 사람들이라는 확신을 주었다.

- 가장 좋은 친구는 유머이다. 자유롭게 구사할 수 있는 한.

- 함께 사는 삶이 어떤 모습일 것 같은지에 대한 확실한 비전은 여러분을 지탱해줄 것이다. 계획하고 이사하는 도중에도 우리는 함께 전통을 만들고 쾌적한 가정환경을 만들었다. 캐런은 가을밤에 테라스용 테이블 옆에 둘 생각으로 구리로 된 화덕을 샀다. 루이즈는 원형 테이블에 깔 테이블보 여러 개를 저녁 회의 때 가져왔다. 우리는 뒷마당을 내려다보고 있는 널찍한 창문 앞에 그 원형 테이블이 놓인 모습을 상상해보았다.

- 집들이를 계획해 여러분의 새 집을 가족들, 친구들, 이웃들에게 소개하라.

- 밥을 같이 먹으면서 만나라. 두 가지 일을 동시에 할 수 있는 좋은 방법이다.

이사 후 자리를 잡은 2, 3층의 침실들. 위부터 캐런, 루이즈, 진의 방

한 가지 아이러니는 함께 살면서 우리는 더 독립적이 됐다는 사실이다.

반드시 합의하고 넘어가야 할 것들

만약 여러분이 공동주거에 대해 더 깊이 알아보겠다고 마음먹었다면 우리가 힘들게 알아낸 것들을 기꺼이 조언해주고 싶다. 이 장에서는 협동주택에서 사는 것에 대해 진지하게 고민하는 사람들을 위해 구체적인 방법들을 제시할 것이다.

잊지 말기 바란다. '우리는 변호사도 회계사도 재무상담사도 아니다.' 우리의 지식은 우리의 개인 경험에 기반하고 있을 뿐이며 우리는 여러분이 무엇을 주의해야 하는지 조언해주고 싶을 뿐이다.

우리는 일단 의문이 드는 점들을 파악해 전문가들에게 자문을 구했다. 여러분도 비슷한 방법을 취해야 할 것이다.

자산 보호하기: 법률협약서 작성

랍비 해럴드 쿠시너가 『착한 당신이 운명을 이기는 힘(When

Bad Things Happens to Good People)』에서 한 말이 맞다. 때때로 아무 잘못을 저지르지 않았음에도 끔찍한 일들이 일어나곤 한다. 모든 사람에게는 예기치 못한 사고가 생길 수 있다. 갑자기 심한 부상을 입거나 심각한 질병에 걸릴 수도 있다. 일자리를 잃을 수도 있다. 이 전제를 인정하고 나니 법률협약서를 써야 할지 말아야 할지 고민이 됐다. 우리는 의논 끝에 법률협약서를 썼고 결과적으로 이 협약서는 우리에게 큰 도움이 됐다. 우리는 마음을 열고 서로를 신뢰하며 이 모험에 뛰어들었지만, 그와는 별개로 어떤 위험이 발생할 수 있는지 모조리 고려했다. 그 목록에는 다음의 사항들이 포함됐다.

- 어떤 이유에서든, 한 사람이 자진해서 공동체를 떠나기로 결정할 경우
- 두 사람이서 나머지 한 사람이 잘 맞지 않는다고 결정하고 그 사람이 떠나게 만들려고 시도할 경우
- 우리 중 한 명 혹은 그 이상이 사망할 경우
- 우리 중 어떤 사람에게 재정적으로 심각한 위기가 닥칠 경우
- 한 사람이 나머지 두 사람의 동의를 구하지 않고 타인이나 친척에게 이사 오도록 허용한 경우
- 재정 관련해서 의무를 지키지 못할 경우
- 해소할 수 없는 차이가 존재할 경우
- 상속자들을 위한 유산을 상실할 경우

- 한 사람이 떠나거나 사망해서 공동체의 재정이 불안정해질 경우

상상하기도 싫지만 현실적으로 일어날 수 있는 사건들이다. 우리는 우리의 사적 이익을 최대한 보호할 수 있는 방법을 찾을 때까지 각 문제들과 씨름했고 때때로 몇 시간 동안 토론하기도 했다. 그런 다음, 법률협약서 초안을 작성하면서 변호사에게 자문을 구해야 하는 질문들을 정리했다. 아래는 협약서의 골자이다. 이 골자를 바탕으로 우리 각자를 파트너로 하여 협동주택 파트너십 협약서를 작성했다.

이 합의사항들은 우리 세 사람의 개인 사정과 펜실베이니아 주의 자치법규에 적합한 사항들이라는 사실을 유의하고 읽어주기 바란다. 공동주거를 하기로 결정했다면 여러분의 파트너 그룹과 여러분이 살고 있는 지역의 법규에 맞춰서 우리와 유사하면서도 한편으론 조금 다른 합의사항들이 필요할 것이다. 또 하나, 반드시 변호사와 재무상담사에게 법률협약서 감수를 받기 바란다.

냉철해지기: 협동주택 파트너십 협약서

우리는 협약서의 필수사항들을 변호사와 확정짓기 전에 네 번이나 수정을 했다. 우리 파트너들(캐런, 루이즈, 진)은 '구입한 집을 소유하고 유지하는 일에 관련된 모든 비즈니스를 수행하는 것을 유일 목적으로 하는 자발적 연합체'를 형성하기로 합의했다. 다음

은 우리가 합의한 필수사항들이다.

- 각 파트너는 주택담보대출, 세금, 다른 모든 비용을 충당하기
  위해 주택 구입 시와 매달 분할 불입 시기에 동등한 분담금
  을 내야 한다.
- 생활비를 포함한 한 달 필요 경비는 매달 15일까지 공동 당
  좌예금(예금자가 수표를 발행하면 은행이 어느 때나 예금액으로
  그 수표에 대한 지급을 하도록 되어 있는 예금 – 옮긴이) 계좌에
  입금해야 한다.
- 주택 관련 투자액과 모든 부채는 동등하게 배분한다.
- 각 파트너는 동등한 권한을 가지고 있지만, 어떠한 파트너도
  파트너십을 대표하여 2,500달러가 초과하는 빚을 발생시킬
  수 없다(화재나 예기치 못한 재난처럼 한 사람의 발 빠른 대
  처가 필요한 긴급 상황이 있을 수도 있다는 것을 알고 있다.
  하지만 그 외의 모든 일상적인 일에 대해서는 공동으로 결정
  해야 한다).
- 어떠한 파트너도 공동체 안에서의 자기 할당 지분을 일방적
  으로 다른 사람에게 이전하거나 팔 수 없다.(하지만 만약 장
  기간 동안 다른 곳에 가 있어야 하는 상황이라면, 다른 파트
  너들의 동의를 받아 자신의 공간을 다시 세놓을 수는 있다.)
- 만약 우리 중 한 명이 공동체를 떠나기로 선택한다면, 그 사
  람은 협약서에 명시된 대로 퇴거 몇 개월 전에 퇴거 의사를

밝히는 서면을 제출해야 한다.

- 마찬가지로, 만약 한 파트너가 자신의 재정적 의무를 다하지 못한다면, 다른 사람들은 그 사람에게 서면으로 퇴거를 요구할 수 있다.

- 만약 한 파트너가 사망한다면 다른 사람들은 소액 생명보험을 통해 보호받는다. 우리 각자는 자신을 제외한 나머지 두 사람을 수령인으로 하여 생명보험에 가입했다. 그렇기 때문에 만약 한 파트너가 사망한다 하더라도, 남은 사람들은 재정적 비상사태에 처하지 않을 것이고, 파트너의 생활비가 갑자기 들어오지 않는다고 해도 큰 문제 없이 새롭게 조정(다른 파트너 찾기, 차환하기(돈을 새로 꾸어서 먼저 꾼 돈을 갚는 것 – 옮긴이), 주택 매매 등)할 수 있는 여유가 생길 것이다.

- 만약 한 파트너가 어떠한 이유에서든 자진해서 떠난다면 그 사람은 다른 파트너들이 그 사람 몫의 부동산을 협약서에 명시되어 있는 대로 시기적절하게 매수할 방법을 찾고 공동체를 재편할 수 있을 때까지 유예 기간 동안 월례 분담금을 내야 한다.

- 마찬가지로, 한 파트너가 사망한 경우 사망한 사람의 상속인들은 사망한 사람이 주택에 대해 가지고 있는 자기자본(현재 시장 가치를 근거하여)을 적절한 시기에 수령한다. 물론 사망자의 개인적 소유물(가구, 보석류, 자동차, 수집품, 의류)은 우리가 이 집을 떠나기로 선택한다면 우리에게 귀속될 것이

고, 그렇지 않다면 상속인들에게 반환될 것이다.

- **잠을 자고 가는 방문객:** 우리는 방문객이 우리 집에서 체류할 수 있는 기간을 정했다. 연속해서 최대한 며칠까지 머무를 수 있는지, 그리고 나 합쳐서 1년에 총 며칠까지 머무를 수 있는지 정했다. 뜻하지 않은 비상 상황에는 융통성을 발휘할 수 있는 조항이다. 단 그럴 경우라도 다른 파트너들의 서면 동의서를 받았을 때만 가능하다.
- **해소할 수 없는 갈등:** 이런 일은 생각조차 하기 싫지만 누구에게나 갈등은 생길 수 있다. 우리는 해소할 수 없는 갈등이 생길 경우 협약서에 명시된 시간 동안 전문조정관의 서비스를 받아 심각한 문제를 파악하고 해결하기로 동의했다. 하지만 그것에 실패하면 법원으로 간 다음 법원의 판결을 따를 것이다.

모든 조항이 상당히 냉정해 보일지도 모른다. 우리는 서로 친구처럼 자매처럼 사랑하고 서로를 절대적으로 신뢰한다. 하지만 인생이 달려 있는 법률적, 재정적 약속에는 이성적이고 '좌뇌적인' 접근법이 필요하다. 감상에 자리를 내주어서는 안 된다.

우리는 서로를 얼마만큼 신뢰하는지에 상관없이 매우 신중하게 계획을 세웠다. 우리가 서로를 전혀 믿지 않는다고 가정하고 계획을 세웠으며 최악의 상황에 대비했다. 신중한 법률협약서는 우리를 의심에서 해방시켜주었고 그 결과 관계가 더 끈끈해졌다.

파트너십 협약서에 어떤 사항들을 더 포함시켜야 할지 생각해 보도록 돕기 위해 이 책의 말미에 협약서 전체를 첨부했다. 다만 우리가 합의한 구체적인 세부사항들이 여러분의 필요와 반드시 가장 잘 맞으리라는 보장은 없다는 점을 유의하기 바란다.

재산 소유권 보유 방법 이해하기

우리가 살고 있는 펜실베이니아 주에서는 한 개인이나 여러 개인들(결혼하든 하지 않았든)을 위해 재산 소유권 보증서를 쓸 수 있다. 우리는 두 가지 유형의 재산 소유권 보증서에 대해 알게 됐다. 바로 재산 공유 방식과 공동 명의 방식이다.

- **재산 공유 방식**: 두 명 혹은 그 이상의 사람들이 각각 재산 일부분씩에 대해 재산권을 소유한다. 만약 공동 소유자 중 한 명 혹은 그 이상이 사망하는 경우, 사망자의 재산 소유권 지분은 다른 공동소유자(들)가 아니라 상속자에게 이전된다.
- **공동 명의 방식**: 두 명 혹은 그 이상의 사람들이 하나의 재산을 공동으로 소유한다. 만약 공동 소유자 중 한 명 혹은 그 이상이 사망하는 경우, 사망자의 재산 소유권 지분은 생존한 공

동 소유자(들)에게 자동으로 이전된다.

우리는 변호사의 조언에 따라 재산 공유 방식을 채택하기로 했다. 파트너십을 이행하는 동안에는 우리의 개인 사산(사기사본과 소유물)을 보호하고, 사망했을 시에는 상속인들을 보호하기 위해서였다. 다시 말해, 재산 공유 방식은 한 명(혹은 그 이상)의 파트너가 사망하면 생존한 파트너들이 자동으로 사망자의 주택에 대한 자기자본 지분이나 소유물 자체를 상속받지 않는 방식이다. 여러분의 상황은 우리의 상황과 다를지 모르기 때문에 계약을 하기전에 반드시 변호사에게 자문을 구하길 권한다.

주택 매매 협상하기

우리가 구입한 주택은 집주인이 직접 매매하는 집이었다. 부동산 전문가를 통하지 않고 우리가 직접 매매 협상을 했다면 돈을 절약할 수 있었을지도 모른다. 하지만 우리는 우리 자신의 한계를 잘 알고 있었다. 우리의 독특한 상황이 지닌 복잡함에 비추어봤을 때 특히 그러했다. 능숙한 부동산 중개사를 대표로 내세우기 위해 지불한 수수료는 마음의 평화와 좋은 성과를 가져다주었다는 면에서 제값을 톡톡히 했다.

부동산 중개사는 흡족하게 일을 잘했지만 주택담보대출 중개업소는 우리의 재산 소유권 보증서와 주택담보대출 서류에서 몇 가지 실수를 저질렀다. 아마 우리가 한 계약 같은 계약은 거의(혹은 한 번도) 접해보지 못했기 때문일 것이다. 우리는 실수가 생기는 것을 피하기 위해 정말로 정신을 바짝 차리고, 관련된 공부를 많이 하고, 적극적으로 사전에 대비해야 했다. 심지어 몇 개월이 지난 후에도 우리는 재산 소유권 보증서와 주택담보대출 관련하여 몇 가지 작은 문제들을 수정하고 무효화해야 했다.

반면 우리가 두 번째 주택담보대출을 받은 은행은 단순한 도움 이상의 혜택을 주었다(주택을 구입한 뒤 얼마 지나지 않아 우리는 더 소액인 두 번째 주택담보대출을 상환할 수 있었다). 우리가 상황을 설명하자 그들은 우리를 돕기 위해 열정적으로 특별히 애를 써주었다. 당혹스러웠던 점 중 하나는 은행 서류에 세 명이 아닌 오직 두 명의 대출자들을 위한 서명란만 있었다는 것이다. 그래서 서류를 복사해야 했다. 그렇게 수정했음에도, 월례 주택담보대출 고지서나 연례 세금 고지서처럼 우리가 정기적으로 받는 서신들에는 오직 두 명의 대출자 이름만 적혀 있었다.

우리는 개인 소득세 신고서를 제출할 때에는 적합한 몫을 세금 공제받기 위해 주택담보대출 이자와 부동산 세금을 3등분했다.

우리와 함께 일했던 전문가들 거의 모두 우리의 새로운 라이프스타일 선택에 관심을 가지고 많이 도와주었다(이자 지불 방식 주택담보대출을 제안하고 있다고 우리에게 미리 알려주지 '않은' 주택담보대출 브로커와, 주택 자산 안에서 개별적인 이익을 보호하는 일에 대해 걱정하지 말라고 말한 재무상담사만 제외하고).

모든 계약이나 서비스에 대해 여러 번 견적을 받아봐야 하며,

모든 비즈니스 거래에 있어 아는 것이 많고 단호해야 한다고 조언하고 싶다. 대출기관이 결정을 내릴 때 가장 기본이 되는 것은 개인의 신용 등급이다. 우리는 브로커를 통해 시도했을 때보다 우리 독자적으로 대출기관과 협상했을 때 훨씬 더 성공적이었다.

공평한 분담금 계산하기

주택을 구입하겠다는 제안을 하기 전에 우리는 집주인에게서 얻은 정보와 우리의 이전 경험을 이용하여 매달 그리고 매년 전체 가계비가 어느 정도 될지 계산해보았다. 우리가 작성한 목록에는 주택담보대출 납입금, 세금, 주택 소유자의 위험배상책임보험(피보험자가 일정한 사고의 발생으로 제3자에 대하여 법률상의 손해배상책임을 부담하는 경우의 손해를 보상하는 보험 – 옮긴이), 에너지비, 일상적 유지비, 긴급 우발사태 예비비, 배수로 청소비, 배관비용, 방제비용, 유리창 청소비, 식료품비, 청소제품 구입비 등이 포함됐다. 최대한 정확하게 추정할 필요가 있었다. 각자가 주택 유지비 중 자신의 분담금을 지불할 능력이 되는지 알아봐야 했기 때문이다.

우리는 각 항목에 따른 비용들을 모두 취합한 후 3으로 나누어 각 파트너가 매달 15일까지 공유주택 당좌예금 계좌로 입금해야 하는 일정액의 월례 분담금을 산정했다. 셋이서 비용을 나누니 집 안 청소나 잔디깎기 같은 서비스를 이용할 수 있다는 사실을 깨닫고서 매우 기뻤다. 전에 각자 따로 살 때는 감당할 수 없었는데 말이다.

우리가 처음에 추정한 월례 분담금은 거의 정확한 걸로 판명됐다. 지금껏 아주 조금밖에 늘리지 않았기 때문이다.

잊지 말아야 할 것들

다음은 협동주택을 위해 월간 비용을 결정할 때 빼놓지 말아야 할 항목들이다.

- 주택 융자금과 세금
- 보험: 주택 소유자 보험과 책임보험
- 가스
- 전기
- 수도
- 하수
- 쓰레기 수거
- 전화
- 케이블, 인터넷
- 생활용품들(전구, 화장지 등)
- 집안청소 서비스
- 공동 식료품
- 가정에 필요한 기타 용품들(새 연장, 페인트, 벽지 등)
- 수리 서비스
- 비정기적 비용: 피아노 조율, 병충해 방제, 지붕 점검과 수리,

지붕 홈통 청소, 굴뚝 청소, 장작, 에어컨 · 난로 유지

공유하지 않을 것들 결정하기

우리 세 사람 모두 듣는 공영 라디오 방송국 두 곳, 지역 의료 구호 팀, 동네 도서관, 몇 가지 부가적인 자잘한 모금 요청(즉 이웃 걸스카우트 쿠키 판매 소녀의 간청) 등을 지원하기 위해 공동 기부를 하는 것을 제외하고는, 일반적으로 공동 기부를 하지 않는다. 개인 의사에 따라 개인 예산에서 해결해야 한다.

에너지 절약하기

함께 살면서 우리는 에너지 비용을 엄청나게 절약할 수 있었다. 가스 요금이 하늘 높은 줄 모르고 치솟는 가장 추운 겨울 몇 달 동안에도 우리는 각자 따로 살 때 난방을 위해 지불했던 가스 요금을 다 합한 것보다 훨씬 더 적은 양의 가스를 소비했다. 계산해본 바로는 전체 에너지비가 셋이 따로 살 때의 비용을 합친 것보다 절반가량밖에 되지 않았다. 이전에는 아무도 집 전체에 에어컨을 틀지 않았지만 지금은 그렇게 한다는 사실을 미루어봤을 때 대단한 에너지 절약이었다. 당연히 우리는 이전보다 가전제품을 3분의 1만 사용한다. 먼저 온 사람이 먼저 사용하면 되기 때문에 세탁기와 건조기를 공유하는 일도 별 문제 없었다.

물론 돈을 절약하는 것도 좋았지만 자원보존에 기여하고 있다는 생각에 무척 기분이 좋았다. 여러분을 위해 구체적인 숫자로

보여주겠다.

2003년에 루이즈의 에너지비는 에어컨과 케이블 TV를 사용하지 않고서 3,113달러였다. 진도 비슷했다. 캐런이 작지만 첨단기술로 이루어진 집에서 쓴 에너지비는 2,800달러였다. 전체 다 합치면 세 채의 평범한 주택을 운영하는 데 연간 대략 9,000달러가 든 것이다.

핵심은 다음이다. 우리가 2005년에 커다랗고 오래된 4층짜리 집에서 에어컨을 가동하면서 사용한 에너지비는 모두 5,332달러였다. 거의 50퍼센트가 절약된 것이다.

보험 가입하기

주택담보대출을 받기 전에 화재보험에 반드시 가입해야 했다. 우리는 다섯 개의 보험회사에서 견적을 받아 결정을 내렸다. 남는 시간이 거의 없는 시점에서 시간 소모가 크긴 했지만 그렇게 한 보람이 있었다.

우리는 화재보험과 책임보험 견적들에 엄청난 차이가 있다는 사실을 발견했다. 게다가 우리는 같은 보험자 아래에 차 세 대를 묶어서 자동차 보험금을 낮출 수 있었다. 처음 집을 보고 사랑에 빠진 순간부터 주택담보대출 계약이 마무리될 때까지 정신없는 2개월 동안, 비즈니스를 처리하면서 맺은 모든 계약은 우리가 상상했던 것보다 훨씬 더 복잡했다. 예를 들어, 우리에게 보험금 견적을 내주기 전에, 각 보험회사는 우리 세 파트너 모두의 정보 일체를 요구했다. 거기에는 신용 평가, 사회보장번호, 생일, 운전면허번호, 자동차등록번호까지 포함됐다.

공과금 납부하기/결산하기

우리는 대부분의 공과금을 온라인으로 납부했다. 회계 기록은 디지털(인터넷 뱅킹)과 펜과 종이 모두로 우리의 공동 수표장에 기록됐다. 수표장의 잔고를 유지하는 데 가장 큰 위협은 직불카드였다. 하지만 만약 우리가 구매내역 기입을 잊어버린다고 해도 최소한 온라인상에는 나타날 것이었다. 우리는 긴급 상황에 대비해 항상 타당한 대비책을 마련해뒀다. 가령 우리가 이사 들어간 지 몇 달 만에 6년 된 급탕 장치가 멈춰버려서 급하게 교체해야 했던 경우 같은 상황 말이다.(늘 이런 일이 벌어지곤 하지 않는가?)

우리는 공동계좌에 잔금이 상당히 쌓일 때까지 어떠한 대규모 주택 보수도 시작하지 않기로 동의했다. 잔금이 누적되는 경우 이자가 붙는 계좌에 저축을 하기로 했다. 우리는 매달 내야 하는 주택담보대출 원금에 여분의 납입금을 더 상환하기로 했다. 전체적으로 장기 이자를 낮추고 자기자본을 늘리기 위해서였다.

수표장은 항상 지정된 곳에 놓아두었기 때문에 각 파트너는 필요할 때마다 수표를 쓸 수 있었다. 고지서가 날아오면 누군가 며칠 안에 지불했다. 우리는 이런 행정적인 일에서는 사전 대비를 철저히 하는 편이었다. 크게는 서로를 실망시키고 싶지 않겠다고 확고히 마음먹었기 때문이고, 어떤 면에서는 일상적인 임무를 완수하는 일이 전보다 더 재미있게 느껴지기 때문이기도 했다. 신선함이 없어지지 않길 바라는 마음도 컸다. 만약 그렇게 된다면 평범한 낡은 책무가 다시 일상을 지배해버릴 테니까.

식료품 구입하기

식료품 구입하는 일을 처리하는 효율적이고도 공평한 시스템을 만드는 것은 해결하기 힘든 일들 중 하나였다. 우리는 '사소한 것에 목숨 걸지 말라'의 신조를 따르기로 결정했다. 다른 사람들이 하는 것을 모두 따라하려면 너무 부담이 됐기 때문이다. 해결책은 이러했다. 매달 공동자금으로 식품점 기프트 카드를 세 장 구입한다. 이 기프트 카드는 우리의 식료품 예산을 배분할 뿐만 아니라 우리에게 중요한 의미를 가지는 자선단체도 지원할 수 있다(식료품 회사의 공동체 프로그램을 통해 액면가의 5퍼센트가 자선단체에 기부된다).

이 식료품 기프트 카드를 이용해 식료품을 구입했다. 매달 정확히 같은 식품을 먹거나 같은 양의 식품을 먹지는 않지만 말이다. 우리 중 한 명이 손님들을 초대하기로 하면 파티 음식은 개인 자금으로 구입했다. 이 시스템은 우리와 잘 맞았다.

하지만 중요한 핵심을 놓치면 안 된다. 이러한 유형의 방식은 모든 파트너가 믿을 만하고 정직해서 결과적으로 서로 신뢰할 수 있을 때에만 잘 흘러갈 수 있다. 정직이 필수라는 점은 공동계좌와 직불카드를 공유하는 데에도 마찬가지로 적용된다.

함께 앉아 식사하는 시간을 자주 갖지는 못하지만 그럴 때면 정말 즐겁다. 요리를 하는 사람은 설거지를 안 해도 된다. 남은 음식은 모두를 위한 것이다. 직장에서 퇴근하거나, 회의를 마치거나, 리허설을 하거나, 늦은 밤 공항에 도착해 집으로 놀아와서 냉장고를 연 순간 저녁식사가 랩에 싸여 기다리고 있는 것을 발견할 때면 피로가 씻은 듯이 가신다. 섣불리 기대하지도 당연시하지도 않기 때문에 이런 일이 있을 때마다 항상 특별하게 느껴지고 깊이 감사하게 된다.

얼마나 절약될까?

잠깐만 숫자놀이를 해보자. 여러분 자신의 상황을 생각해보라. 곱셈과 나눗셈을 할 준비가 됐는가? 여러분의 세금, 에너지비, 홈서비스, 주택 유지에 드는 시간, 주방용품 등 고려해야 할 모든 비용을 다 떠올려보라. 그것을 2, 3, 혹은 4로 나눠보라. 남는 돈을 어떻게 쓸 수 있을까? 남는 시간은?

이제 여러분이 현재 집을 임대하는 데 지불하는 금액 혹은 현재 집의 시장 가치를 생각해보라. 만약 협동주택의 일원이 된다면 여러분은 이 금액을 2배, 3배, 혹은 4배로 늘릴 수 있다. 그렇게 되면 여러분의 라이프스타일이 어느 정도 향상될 것 같은가?

협동주택에 쓸 수 있는 자산 추산해보기

다음 표는 여러분이 공동주거 방식을 통해 자신의 자원을 확대할 수 있는지 없는지 가능성을 알아보도록 도와줄 것이다.

첫 번째 표는 여러분이 두 명의 다른 사람들과 자산을 합칠 때 주거비용에 이용 가능한 자금을 보여준다. 저예산 사례의 경우 현재 주거비로 매달 750달러를 쓰는 사람은 2명의 다른 사람들과 공간을 공유함으로써 주거비로 매달 2,250달러를 쓸 수 있을 것이다. 주택의 크기와 질이 상당히 좋아질 것이다. 예를 들어, 작은 아파트에 아이 하나와 함께 살고 있는 싱글맘은 학군이 더 좋은 동네에 있는 개인주택에서 살 수 있을 것이다. 고예산 사례에 있는 사람 또한 주거 가능성이 다양해질 것이다. 덜 쓰고 더 저축할 수 있는 선택권을 포함해서 말이다.

맨 오른쪽에 있는 빈 칸에 여러분의 자금을 추산해보기 바란다. 맨 위 칸에는 여러분의 현재 주거비를 적으라. 중간 칸에는 여러분이 계획하는 하우스메이트 수를(여러분 자신도 숫자에 포함해서) 적으라. 그런 다음 여러분의 현재 주거비와 하우스메이트 수를 곱하여 주택을 구하는 데 이용 가능한 잠재적 자금 전액을 산출하라. 그 숫자를 맨 아래 칸에 적으라.

주택비용 계산하기(월 기준)	저예산	고예산	여러분의 예산
현재 주택비용: 주택담보대출 혹은 임대료+보험+세금	750달러	2,500달러	
예정된 하우스메이트 수	×3	×3	
협동주택을 위해 이용 가능한 자금(현재 주택비용×하우스메이트 수)	2,250달러	7,500달러	

이와 유사한 방식으로 다음의 표를 이용하여 가계비에 이용 가능한 자금을 계산해보라. 이용 가능한 자금이 현재의 예산 한계를 훌쩍 넘는 걸 볼 수 있을 것이다. 필요한 것보다 남는 것이 더 많을지도 모른다. 우리가 어떻게 전체 에너지비를 절반가량으로 절약할 수 있었는지 이해가 갈 것이다.

가계비 계산하기(월 기준)	저예산	고예산	여러분의 예산
에너지비: 전기+가스+수도+케이블 그 외 예비비	150달러	600달러	
예정된 하우스메이트 수	×3	×3	
협동주택을 위해 이용 가능한 자금(현재 가계비×하우스메이트 수)	450달러	1,800달러	

예산 선택하기

여러분이 앞의 표들에서 한 계산을 살펴보면 여러분이 협동주택에 들어갔을 때 주택비용과 가계비 예산을 미리 추산해볼 수 있다. 가능성이 있다면 기뻐하되 현실감각을 잃지 말기 바란다. 모든 비용을 빠짐없이 고려했는가? 여러분은 현실적인 사람인가? 만약 그렇다면 중요한 선택에 대해 고민해볼 자격이 생겼다.

소비할 것인가, 저축할 것인가?

새로운 자원이 생기면서 여러분에게는 새로운 선택권이 생겼다. 새로운 자원의 일부를 절약하면 어떠한 장기적 가치가 생기는 지 고민해보라. 우리는 심사숙고한 다음 새로운 자원을 일부 저축 했다. 우리 각자는 은퇴할 때, 그때까지 계속 혼자 살았을 경우 혹은 함께 더 흥청망청 살았을 경우에 비해서 훨씬 더 여유롭게 살수 있을 것이다.

함께 살며 더 자립적이 되다

비용을 절약하기 위해서 우리는 감당할 수 있다고 생각해보지 못했거나 혹은 한 번도 시도해보지 않은 집안일을 하게 됐다. 캐런은 방충망과 덧문을 완전히 새로 꾸몄다. 진은 고비용 시멘트 공사를 피하기 위해 집 뒤쪽 테라스에 있는 돌멩이들 사이를 작은 자갈로 메웠다. 루이즈는 벽난로 앞 장식을 앤티크 가스등으로 교체하는 법을 알아냈다. 거의 일 년이 걸렸다. 우리 모두는 페인트칠을 하거나 온도조절장치를 재설정하거나 보일러 필터를 갈았다. 때때로 우리는 어떠한 일이라도 다 할 수 있을 것 같다고 느꼈다. 그리고 정말 어떠한 일이라도 다 할 수 있었다.

가끔 자기한테는 중요하지만 공동체에게는 그리 중요하지 않은 물건을 사거나 그러한 프로젝트를 진행할 때 개인 돈을 내기도 했다. 예를 들어 루이즈는 꽃 화분 사는 것을 엄청나게 좋아한다. 루이즈는 그 돈을 공동 가계비에서 받으리라 기대하지 않는다. 다른 사람들은 현재 있는 꽃 화분들만으로 충분히 만족하고 있다는 걸 잘 알기 때문이다.

이런 일 전부가 항상 순조롭게 흘러갔다고 말하지는 않겠다. 집을 구입하고 이사하던 시기에 시간이 얼마 없었기 때문에 우리는 부동산 에이전트, 가족, 친구, 이웃, 거의 모든 사람들이 하는 추천을 재빨리 수용했고 고용해야 할 서비스는 모두 고용했다. 섀도론 주택은 지은 지 65년이 넘었기 때문에 우리는 정식으로 주택 점검을 받아보기로 결정했다. 주택 점검 보고서에 따르면 보일러와 온수 급탕 장치가 오래되긴 했지만 그것만 제외한다면 흠 잡을 곳 없는 집이라고 했다. 특히 처음 지을 때부터 있던 나무 덧문들이 훌륭하다고 했다.

우리는 우리의 투자에 대해 안심했다. 하지만 막상 집에 이사 들어가자 몇 가지 문제가 발견됐다.

첫 번째로 발견한 문제는 아름다운 나무 덧문들이 임시 수리한 상태로 결합되어 있었다는 것이다. 페인트, 망치, 철사를 이용해 임시로 고정해놓은 거였다.

두 번째 문제는 더 심각했다. 두꺼비집이 너무 오래돼서 위험할 정도였다. 전기 공사를 대대적으로 벌여야 했다.

친구들은 솜씨가 훌륭하다며 전기공 톰을 추천했다. 우리는 굉장히 저렴한 가격으로 그와 계약을 맺었다. 오래된 콘센트들의 전선을 갈고, 회로 차단기가 달린 새 두꺼비집을 설치하고, 화재경보기를 추가 설치하는 공사였다. 톰은 즉시 공사를 시작했지만 다른 지역에서 열리는 장례식에 참석하기 위해 이상할 정도로 자주 며칠씩 자리를 비웠다.

어느 날, 우리는 톰이 일하는 처마 밑에서 호밀 위스키 빈 병을 발견했다. 우리 모두 일을 할 때 술을 마셔서는 안 된다는 생각에 동의했다. 하지만 톰에게 직접 통보하기 전에 우리는 그 병이 수상쩍을 정도로 오래돼 보인다는 사실을 알아차렸다. 물기라곤 없이 바싹 말라 있었고 호밀 향도 전혀 나지 않았다. 그도 그럴 것이 라벨을 더 자세히 살펴보니 금주법 시행 시대에 지역 양조장들 중 한 군데에서 1936년에 만들어진 병이었다. 모든 미스터리가 풀렸다. 집을 짓던 인부들이 놔두고 간 게 틀림없었다. 톰에게 말하지 않아서 다행이었다.

하지만 우리는 불길한 직감에 좀 더 주의를 기울였어야 했다. 몇 년 후 다른 전기공이 회로 차단기가 달린 새 두꺼비집이 제대로 설치되지 않았다는 사실을 발견해 재공사를 해야 했던 것이다.

여기서의 교훈. 시간을 충분히 갖고, 자신의 능력을 최대한 발휘해 사리분별을 하라. 시간이 너무너무 부족하다 해도 마찬가지다. 신뢰하는 사람들이 강력히 추천하는 사람들을 고용하라. 질문을 던지라. 많은 질문을 던지라. 집에 첫눈에 반했다 하더라도 객관성을 절대 잃지 말라. 면밀히 관찰하라. 아름다운 초록색 덧문을 손으로 잡고 견고한지 그렇지 않은지 흔들어보라. 행운을 기대하되 항상 작은 사고에 대비하라. 작은 사고는 항상 일어나기 마련이다.

세상에나, 이렇게나 많은 소스를 갖고 있었다니!
어떤 사람과 살아보기 전까지는 그 사람에 대해 진정으로 알기 어렵다.

다른 생활방식,
조화를 이루며 살아가기

방금 여러분과 공유한 기본적 업무 처리 관련 세부사항들은 우리의 협동주택이 성공할 수 있도록 법적 기반과 조직적 체계를 만들어주었다. 하지만 그 구조를 바탕으로 서로 개인적으로 상호작용을 하고 관계를 강화하는 일 또한 동등하게 중요했다. 어떤 일을 추진하면서 만족스러운 관계를 구축하는 일은 어떤 방식으로 공과금을 내고 식료품을 살지 알아내는 일보다 훨씬 더 까다롭다. 복잡하고 형체가 없기 때문이다.

우리 모두는 인생 경험을 통해 이 사실을 잘 알고 있었다. 사소한 개인적 습관이 가족들 사이나 가까운 친구 사이, 협동주택의 파트너들 사이를 갈라놓기도 한다. 최고의 선의를 가지고 있다 하더라도 사람들은 다른 사람들과 서로 신경을 긁거나 마음에 상처를 입힐 수 있다. 공동체 안에서 살아가는 것의 위험요소 중 하나

이자 가장 큰 보상은 다른 사람들과 깊은 유대를 맺을 수 있다는 점이다. 하지만 여러분과 여러분의 예비 하우스메이트들이 뜻이 맞을 거라고 어떻게 장담할 수 있을까?

이렇게 말하고 싶지는 않지만, 현실적으로 보자면 100퍼센트 보장이란 건 없다. 할 수 있는 최선을 다해 미리 현명하게 선택하라. 각자의 성격, 라이프스타일, 중요하게 여기는 핵심가치들을 참고로 해서 말이다. 하지만 솔직하게 말하자면 어떤 사람과 함께 살아보기 전에는 그 사람을 진정으로 알기 힘들다(대학 기숙사 룸메이트, 군대 동기, 배우자, 예상보다 오래 머무르는 손님 등을 떠올려보라).

우리는 다음의 짧은 이야기들을 통해 서로 전혀 다른 사람들이 어떻게 조화를 이루며 살고, 어떻게 불협화음을 건강한 방식으로 해결하는지 보여주고 싶다.

터질 것 같은 물건의 홍수

함께 섀도론에 이사 들어가기에 앞서 우리 모두는 인내심과 유연성을 발휘하고 어떠한 상황에서도 유머를 잃지 않을 준비가 돼 있었다. 하지만 이사 들어간 첫날 벽장문을 열었을 때 이미 코트 25벌과 우산 12개(진과 루이즈의 것들)가 걸려 있고 벽장이 터지기 일보 직전인 걸 발견하고서 캐런은 살짝 실망한 기색을 보였다. 하지만 캐런은 깔깔깔 웃어넘겼다. "코트 벽장이구만." 그런 다음 그녀는 자기 코트들을 들고 다른 곳으로 걸어갔다. 불편함은 잠시뿐이었다. 우리는 잘 안 입는 코트들을 처리하고 옷을 거는 봉을 하나 더 달아서 벽장 안 공간을 넓혔다.

깜짝 놀랄 개인물품들

진이 이사 들어오던 날, 주방 한복판에 커다랗고 미스터리한 상자 하나가 턱 하고 놓였다. 상자를 열었을 때, 캐런과 루이즈는 그 안에 들어 있는 비밀 보물을 보고 깜짝 놀라 뒤로 넘어질 뻔했다. 진의 파스타 컬렉션이었다. 스파게티에서 로티니에 이르기까지 족히 10킬로그램은 넘어 보였다. 탄수화물을 먹지 않는 다이어트를 하고 있다고 호언장담하던 여성의 주방에서 나온 거였다. 어떻게 하지? 진은 이 파스타들을 딸 모린과 나눴다. 그러고선 이렇게 변명했다.

"저번 식료품 저장 찬장이 너무 깊었어. 세상에! 나도 파스타가 그렇게나 많은지 몰랐다니깐."

파스타 은닉 사건은 빙산의 일각에 불과했다. 우리는 우리 각자가 자신이 흥미로워하는 영역의 물건을 초과 축적해놓고 있다는 사실을 알아냈다. 루이즈는 집 두 채는 채울 수 있을 정도로 가구와 작은 장식품을 잔뜩 가지고 있지만 식료품은 절대 사지 않는다. 반대로 진은 냉장고와 식료품 저장실을 항상 그득그득 채워놓는다.

이제 캐런만 남았다. 우리는 캐런에게 한 물건을 여러 개씩 사는 경향이 있다는 걸 알고 놀랐다. 물건을 대량으로 구입하는 것은 미니멀리즘을 추구하는 캐런의 성향과 모순됐다. 캐런이 자기 방에서 몇 시간 동안 짐을 풀던 중 첫 번째 낌새가 보였다. 캐런은 저녁식사 자리에 와서 멋쩍어하며 물었다.

"펜 좀 필요한 사람?"

족히 가방 하나는 채울 정도로 펜이 많았다. 매직펜과 형광펜만 해도 수백 자루에 달했다. 또한 캐런은 컴퓨터 케이블도 엄청나게 많이 비축해놓았다.

캐런은 당혹스러울 정도로 비축물이 많은 것에 대해 나름 일리 있는 설명을 내놓았다. 항상 출장 중이고, 여러 곳에서 동시에 살아야 하고, 필요한 것을 다 제대로 꾸리지 못해서 생긴 필연적인 결과라는 것이다. 샌프란시스코에 출장을 갔는데 형광펜이나 컴퓨터 케이블을 안 가져왔다면 다시 살 수밖에 없다는 것이다.

아직도 캐런은 때때로 손님에게 이렇게 물어본다.

"혹시 펜 필요하세요?"

그렇게 2년이 더 지나고 나서야 그 수집품들은 모두 제 갈 곳을 찾아갔다.

하지만 잠깐. 가끔 캐런의 수집품들이 꽤 편리할 때가 있다.

캐런은 폐업을 앞둔 사진관에서 사진액자 재고를 몽땅 충동적으로 구입한 적이 있다. 캐런은 400개의 액자 중 쓸모 있어 보이는 200개만 엄선하여 자신의 사무실 벽장에 보관해두었다. 그래서 우리는 액자가 필요할 때마다 먼저 '캐런의 액자 가게'에서 쇼핑을 한다. 이미 운이 좋은 사람들(루이즈, 진, 루이즈의 엄마, 친구들)은 독특한 액자를 산 후 본전을 다 찾았다. 선물용으로 손색이 없기 때문이다.

잡동사니도 중요하다

잡동사니는 깔끔한 환경을 좋아하는 하우스메이트들을 짜증나게 만들 수 있다. 반면, 지나친 깔끔함은 어느 정도 어질러져 있고 '사람 사는 느낌이 나는' 환경을 선호하는 사람을 숨 막히게 만들 수도 있다.

그래서 우리는 공동주거를 할 계획이라면 본격적으로 실행하기에 앞서 모든 구성원이 한 명 한 명 파트너의 집을 방문하여 각자가 느끼는 쾌적함 수준을 점검해야 한다고 생각한다. 어떤 사람이 공유주택으로 이사 간다고 하여 라이프스타일이 갑자기 바뀔 가능성은 그리 높지 않다. 최소한 그러리라고 기대하지는 말기 바란다.

하지만 사회적 기대와 집단을 위한 배려가 작지 않은 변화를 만들어내기도 한다. 우리 세 사람은 원래 가지고 있던 습관을 다소 고쳤다. 혼자 살 때는 물건을 늘어놓아도 상관없었지만 이제는 그렇게 하지 않는다. 최소한 공동공간에서는 그렇게 하지 않는다. 또한 루이즈는 테이블 위가 작은 장식품들과 기념품들로 넘쳐나지 않아도 충분히 아름다울 수 있다는 걸 알게 됐다.

영역의 동물

인간은 영역의 동물이다. 더 설명해야 할 필요가 있을까? 영역,

자원, 통제권을 공유하는 것은 인간의 본성에 대한 커다란 도전이다. 하지만 우리는 의식적인 노력, 선한 의지, 자기 절제에 의지해 평화롭게 공존할 수 있다. 다음 모토는 도움이 된다.

나의 집일 뿐만 아니라 우리의 집이다.

물건과 취향

어떤 사람에게는 쓰레기인 것이 어떤 사람에게는 보물이 될 수 있다는 사실을 알고 나서 우리 각자는 누군가 귀중한 물건을 치우거나 버리라고 제안할 때 방어적으로 변하거나 감정적으로 받아들이지 않으려 노력한다. 하지만 꼭 필요하다고 생각될 때는 '물건을 줄일 수도 있지 않을까'라고 재치 있고 정중하게 제안한다. 자선단체 중고 판매 가게들 몇몇은 덕분에 재미를 톡톡히 봤다.

캐런은 탁 트인 공간을 선호하고 지나다니는 사람들을 (그녀의 표현에 따르면) '공격하는' 대형 예술품이나 화분이 없는 걸 좋아했다. 그 결과 루이즈와 진은 단순함의 아름다움을 음미할 수 있게 됐다.

모든 장식품을 1주일 내내 전시해야 할 필요는 없다. 우리는 협조적으로 '전시 특권'을 교대로 사용했다. 그래서 일부 소중한 보물들은 대부분 지하 벽장에 머물러 있다가 특별한 일이 있을 때만 모습을 드러냈다(예: 루이즈의 수탉 봉제 인형과 베토벤 흉상, 진의 플라멩코 무희 조각상).

우리는 우리에게 불필요한 물품들을 친구들이 가져갈 수 있도록 특별 파티를 열었다. 친구들은 우리의 무거운 짐을 덜어주었고 그 과정에서 충분히 즐거워했다. 때때로 어떤 물건을 떠나보내기에 앞서 '애도'의 시간이 필요했다. 하지만 여러 번의 경험을 통해 우리는 어떠한 물건이 일단 눈앞에서 사라지면 곧 잊힌다는 사실을 배우게 됐다(최소한 다시 모습을 드러낼 때까지는 그렇다. 조금 있다 나오는 성냥갑 컬렉션 사건 이야기를 눈여겨보기 바란다).

익숙함과 주관적인 시선 때문에 불필요한 집착이 얼마나 많이 생기는지 알고 나니 정말 놀라웠다. 넘쳐나는 물건들을 떠나보내고 남아 있는 물건들 대부분을 공유하고 나니 일종의 해방감마저 느껴졌다.

나는 나의 물건이 아니다.

우리가 완전히 이해하지 못한 역설이 하나 있다. 우리 세 사람은 각자 미적 취향과 지적 취향이 강하고 자신의 소유물과 환경에 대해 까다로운 편이다. 하지만 어떤 이유에서인지 우리 중 누구도 공동공간을 통제하려 들지 않았다. 아마도 이 공유주택이 잘 굴러가기를 바란다면 통제를 해서는 안 된다는 사실을 직관적으로 알고 있었기 때문이리라. 덕분에 우리는 여전히 물건과 공간에 대해 정서적인 안정을 유지하고 있다. 적어도 지금까지는.

가끔씩 서로에게 일방적인 결정을 할 수 있는 권한도 허용했다. 예를 들어, 어느 날 밤 루이즈와 캐런이 영화를 보러 외출을 하고 나면 진은 갑자기 우리가 '장식 충동'이라고 부르는 상태에 빠지곤 했다. 진은 공동 생활공간에 있는 그림들과 장식품들을 보소리 재배치했다. 그렇게 하고 나서 3시간 후 하우스메이트들이 계단을 올라오는 소리가 들리자 진은 친구들이 어떻게 반응할지 초조하게 기다렸다. 훌륭했다. 루이즈의 취향도 캐런의 취향도 아니었지만 어쨌든 훌륭했다. 진이 주도권을 잡을 차례였으니까. 서로 미적 취향이 상당히 달랐지만 우리는 합의와 타협으로 문제를 원만히 해결했다.

> 자신이 하고 싶은 대로 하라, 온당한 범위 내에서.
> 그리고 '온당한 범위 내에서'라는 미세한 선이
> 어디에 놓여 있는지 항상 잘 생각해보라.

성냥갑 사건

그때쯤 성냥갑 컬렉션 사건이 터졌다. 사건의 전말은 이랬다. 루이즈의 전남편은 유명 인사의 사인을 받은 성냥갑을 오랫동안 수집해왔다. 어느 날 저녁 캐런과 진은 루이즈가 외출한 사이 친구들을 초대해 불필요한 물건들 치우는 걸 도와달라고 부탁했다.

성냥갑으로 가득 찬 쭈글쭈글한 작은 갈색 가방이 그렇게 특별한 물건인 줄 누가 알았겠는가?

루이즈는 그걸 전혀 찾지 않았다. 심지어 없어진 것조차도 몰랐다. 친구들과의 저녁식사 테이블에서 유명 인사들의 사인이 담긴 성냥갑들을 발견하기 전까진 말이다. TV쇼에서 배트맨으로 활약했던 애덤 웨스트의 사인이 있는 성냥갑도 있었다. 루이즈는 깜짝 놀라며 환호했다.

"이런 우연의 일치가! 나도 1972년에 배트맨에게 사인 받은 성냥갑 있는데. 1980년 뉴욕에서 있었던 내 시누이 결혼식에도 참석했어? 너도 거기 간 줄은 몰랐네."

음, 어쨌든 우리에게 성냥갑 500개는 필요하지 않았다.

자연스럽게 흘러가게 두라. 내버려두라.

타협 불가능한 일에서의 우선순위

우리의 라이프스타일 차이 중 몇 가지는 꽤나 중요했다. 우리는 그 차이에 대해 진지하게 고민했고 상호 존중을 통해 해결했다. 예를 들어, 캐런과 루이즈는 이사 기간에 집수리하는 사람들이 우리가 직장에 있는 동안 집에 드나들 수 있도록 집 열쇠를 큰 고민 없이 건네주었다. 하지만 진은 명확하고 타당한 이유들 때문에 안전에 대해 염려했다. 그래서 우리는 잘 아는 사람이 있는 업체가 아니면 열쇠를 건네지 않았다. 그러다가 결국 자물쇠를 바꿨다.

물론 습관은 자물쇠보다 바꾸기 어렵다. 어떤 경우에는 중대한 변화를 일으키는 것보다 작은 일상을 조정하는 것이 더 어렵기도 했다. 예를 들어 우리 중 어떤 사람은 지저분한 접시와 나이프, 포크 등을 물로 한번 적신 다음 그냥 설거지통 안에 둔다. 하지만 어떤 사람은 그렇게 두면 포크 같은 게 배수구로 떠내려가거나 접시가 깨질까 봐 걱정한다.

어떤 변화는 정말로 서로의 기호에 맞지 않기도 했다. 우리 중 한 명은 스펀지로 싱크대 청소를 한다. 다른 두 명은 행주를 선호한다. 행주에서 스펀지로 갈아타는 일은 진짜 심각한 문제에 비교하면 아무것도 아니었다. 바로 화장실 휴지를 거꾸로 걸 것이냐 '제대로' 걸 것이냐의 문제였다. 우리는 이 사소해 보이는 사안을 깊이 고려했고 결국 스펀지와 행주 모두를 수용했다. 하지만 화장실 휴지는 반드시 제대로 걸어야만 했다.

집 관련 우선순위에 대해 사소한 차이를 해결하는 데는 민주주의적 방법이 매번 가장 효과가 있었다. 우리는 몇 가지 문제를 투표에 부쳤다. 안전한 조명이 인테리어 변신을 이겼다. 연기 탐지기가 벽지를 이겼다. 급탕 장치가 화장실 세면대 교체를 이겼다. 일단 결정이 내려지면 우리는 그 결정에 따랐다. 사후 비판이란 없었다. 종종 내적 갈등과 싸워야 했지만 그 과정은 미리 몸을 풀기에 적합했다.

나만 중요한 게 아니다.

늙은 고양이의 참을 수 없는 습관

확실히 가장 참기 힘든 것은 고양이 비어즐리의 습관이었다. 비어즐리는 한사코 새하얀 작은 융단에만 헤어볼(고양이가 삼킨 털 섬유가 위에서 뭉쳐져 생긴 덩어리 – 옮긴이)을 토했다. 게다가 새로운 곳에 있는 물을 탐하는 강한 욕구 때문에 화분과 꽃병을 자꾸 넘어뜨리고 깨뜨렸다. 하지만 비어즐리조차 루이즈가 전문서적을 읽고 소화 능력을 향상시키기 위해 '시니어 식이요법'을 제안하자 유연하게 자신의 식습관을 바꿨다. 비어즐리는 자신은 기꺼이 새롭고 더 몸에 좋은 캣푸드를 수용했는데 우린 왜 식습관을 잘 바꾸지 못하고 인내심도 부족한지 잘 이해하지 못했다.

보낸사람: 루이즈

받는사람: 캐런, 진

제목: B-메일

친애하는 캐런에게

위대한 사냥꾼은 지금 아주 만족스러워. 신선하고 즙이 많은 생쥐를 먹어서 배도 잔뜩 부르고. 그런데 왜 진은 내가 매트 위에서 아침식사를 하고 있는 중에 주방문을 열었다가 소리를 꽥 지른 거지? 내가 나눠주길 바랐나? 내 취향이 맘에 안 들었나? 채식주의자야? 뭐가 문제야?

_헷갈리는, 비어즐리가

도와주지 말아줘, 부탁이야

협동주택에 함께 살기 시작한 후 몇 주 동안 우리는 서로를 과도하게 도와주고자 무진 애를 썼다. 때때로 '도움을 받는 것'이 무척 신경에 거슬렸다. 자신이 유능하고 통제력이 있다고 느끼는 것은 각자에게 매우 중요했기 때문이다. 우린 누가 뭐래도 독립적인 부류니까.

우리는 중립적인 톤으로 "도와주지 말아줘, 부탁이야"라고 말하는 법을 배웠다. 지나치게 세심하게 배려하는('마치 엄마처럼') 노력이 퇴짜를 맞을 때에도 감정적으로 받아들이지 않으려고 애썼다.

서로 도움을 주려고 애쓰는 게 서로를 가장 짜증나게 하리라고 누가 생각이나 해보았겠는가? 결과적으로, 우리는 정말 도움이 필요한 상황이나 상대가 도움을 요청할 때만 돕는 것이 가장 좋다는 사실을 깨닫게 됐다. 하지만 다소 어려운 문제는 누군가 어떤 일을 하는데 돕지 않고 가만히 있으면, 게으름을 피우거나 자기 몫을 다하지 않고 있는 것 같은 죄책감이 들 수도 있다는 점이었다. 집단으로 생활할 때 생기는 흔한 문제 중 하나다.

해결책은 간단하다. 이렇게 말하면 된다.

"도와주지 말아줘, 부탁이야. 고마워."

한편, 우리 모두는 첫날부터 서로를 의미 있는 면에서 엄청나게 도왔다. 이사를 하고 처음 맞는 아침에 루이즈는 다급하게 도움을 요청하는 누군가의 외침을 듣고 깜짝 놀라 잠에서 깼다.

"처음엔 꿈인가 생각했어."

루이즈는 "도와줘, 도와줘…… 침대에서 나올 수가 없어"라는 희미한 외침과 신음소리를 들었다고 했다. 루이즈는 복도를 가로질러 캐런의 침실로 전속력으로 뛰어갔다. 그러고선 '천하무적 캐런'이 옴짝달싹하지 못하고 있는 걸 보고 대경실색했다. 나중에 밝혀졌지만 전날 이삿짐 상자들을 무리하게 나른 결과 허리에 문제가 생긴 거였다. 루이즈는 불쌍한 캐런을 힘껏 잡아당겨 침대에서 끌어내 자기 발로 서게 한 다음 전화기로 걸어가 의사에게 전화를 걸도록 도와주었다.

이 일보다는 덜 극적이지만 캐런은 컴퓨터를 능숙하게 다루지 못하는 하우스메이트들을 기술적으로 자주 도와준다. 때때로 우리가 얼마나 모르는 게 많은지에 깜짝 놀라 눈을 굴리긴 하지만 말이다.

이 밖에도 우리는 많은 형태로 서로를 도왔다. 루이즈가 두 번의 수술과 회복 과정을 겪으면서 차량운송, 간호, 정신적 지원이 필요할 때 진과 캐런은 그녀 곁에 있으면서 기꺼이 도움을 주었다.

보낸사람: 진

받는사람: 캐런, 루이즈

제목: Re: 루이즈/금요일

루이즈가 다른 무엇을 요청하든지 간에, 젤리와 아이스캔디와 푸딩은 꼭 사와. 아이스크림도.

괜찮을 거야. 금요일에는 갈 때와 올 때 내가 다 운전할 수 있어. 물론 너와 루이즈가 토요일까지 밤새 병원에 머물러야 할 가능성도 있지. 만약 그렇게 된다면 캐런 네가 토요일에 운전하면 될 것 같아.

_진

자동차를 서비스 센터에 맡기고 찾아오는 일처럼 살면서 정기적으로 해야 하는 일을 할 때 집에 조력자가 있다는 사실은 우리 모두를 매우 편하게 했다. 혼자 사는 사람들에게 이러한 일들은 더 어렵다. 우리 중 아무도 지나치게 도움을 요청하는 경우가 없었기 때문에 우리는 완벽하게 균형이 맞았다.

사명감에 불타는 여인들

처음 같이 살 때부터 우리는 무언가 해야 할 일이 생기면 누군가 그걸 해놓는다는 사실을 발견했다. 우리는 각자 자발적으로 임무를 맡았기 때문에 일을 할당할 필요가 없었다. 이상한 양상의 경쟁이 벌어지기도 했다. 각자 맡은 일 중에는 되풀이해서 손봐야 하는 것들도 있다. 예를 들어 진은 매주 고양이집을 청소하고, 루이즈는 집의 21개 창문에 있는 방충망을 제거하고 교체하는 일을 1년에 두 번 한다. 한 번에 대규모 일을 벌여야 할 때면 다른 한 사람이 보강한다. 최근 캐런과 진은 나무로 된 두 개의 덧문을 페인트칠을 벗기고 사포질을 하고 다시 페인트칠을 해 수백 달러를 절약했다. 만약 하우스메이트가 3명 이상이었다면, 일의 중복을 피하고 일이 확실히 완수되도록 하기 위해 일을 할당해야 됐을지도 모른다.

우리는 서로 협력하여 평범한 일상의 일들을 처리했다. 식사 후 치우기, 식기세척기에서 식기 꺼내기, 정원에서 잡초 뽑기, 쓰레기 내놓기, 공동 화장실에 휴지 교체하기 등이다. 더 큰 일이나 프로젝트는 모든 사람의 시간이 비는 때를 잡아서 미리 계획을 세운 다음 함께 해치웠다.

우리는 각자 집안일 우선순위가 달랐다. 결과적으로 더 좋았지만 말이다. 우리 중 한 사람 혹은 두 사람이 완전히 간과해버리는 일은 '사명감에 불타는 여인'에 의해 해결된다. 자기가 특히 애정을 가지고 있는 일에 갑자기 몰두하는 것이다.

어느 날 저녁, 우리 세 사람은 자주 모이는 작은 선룸에 앉아 있었다. 그때 갑자기 캐런이 책장에 요리책이 너무 많다고 하면서 그 책들 중 대부분은 거의 사용하지 않는다고 말했다. 한 발 더 나가 캐런은 레시피는 인터넷에서 쉽게 찾을 수 있고, 만약 정말 특정한 요리책이 필요하다면 전자책으로 다운받아도 된다고 주장했다. 진이 무슨 일이 벌어지고 있는지 미처 알아채기도 전에 캐런과 루이즈는 오래된 요리책 대부분을 책장에서 꺼내 도서관 헌책 판매 행사에 기부하기 위해 가방에 꾹꾹 눌러 담았다. 진은

"멈춰!"라고 반응했다(진은 아직 전자책을 이용하지 않았다. 손으로 만질 수 있는 책에 대해 진은 아직 포기할 준비가 되어 있지 않다. 진은 〈뉴욕타임스〉에 대해서도 비슷하게 느낀다).

한편 진의 머릿속에서 떠나지 않는 것은 집 뒤 테라스에 있는 돌멩이들이었다. 돌멩이들 사이의 회반죽이 떨어진 자리에 풀과 잡초가 자라고 있었기 때문에 뭔가 조치가 필요했다. 우리는 석공에게 회반죽을 제거하고 다시 바르는 데 얼마가 드는지 견적을 받아보았다. 수백 달러가 든다고 했다. 진은 다른 도시에 사는 친구를 방문했을 때 가든 투어를 한 적이 있는데, 그때 우리와 비슷한 테라스 돌멩이들에 회반죽 대신 작은 자갈들로 돌멩이 사이를 메운 걸 봤다고 했다. 얼마 후 엄청나게 힘든 작업(진과 캐런이 오래된 회반죽을 돌멩이에서 제거했다)과 몇 부대의 자갈 덕분에 테라스는 아주 근사해졌다. 게다가 자갈은 관리하기도 쉬웠다.

루이즈는 테라스가 아주 멋져 보인다고 생각하지만 그 프로젝트에 크게 관여하지는 않았다. 한편 루이즈는 자신만의 방식으로 전투를 개시했다. 루이즈는 갑자기 지하실 창문을 청소해야 한다면서 집 뒤편, 지하실 창문 앞의 통처럼 생긴 공간 안에 기어 들어가서 뚜껑을 교체했다. 징그러운 거미와 민달팽이들이 득실거리는데도 말이다. 어느 해 봄에 캐런은 독단적으로 테라스 가구 전부를 혼자 청소하고 스프레이식 페인트를 뿌리는 일을 벌였다.

일단 프로젝트가 필요하다고 판단되면 우리 중 한 사람이건, 두 사람이건, 세 사람이건 우선 프로젝트를 실행할 방법을 찾는

다. 잔소리를 하거나 참여하지 않는 사람에게 화를 낼 필요가 없
다. 각자가 얼마나 기여하는지에 관련해서는 시간이 지남에 따라
점점 균형이 잡혔기 때문이다. 우리 모두는 각 하우스메이트가 땀
흘려 노동한 결과를 즐긴다. 칭찬이 필요할 때는 칭찬을 해주고
필요할 때는 일하고 있는 사람에게 시원한 음료수를 갖다 주기도
한다.

때때로 우리는 그 전엔 전혀 해보지 않았던 어떤 일이라도 해치울 수 있다고 생각됐고, 실제로 그랬다. 사명감에 불타는 세 여인들은 청소부터 페인트칠, 집 수리, 엄청난 눈치우기까지 웬만한 일은 뚝딱 해결할 줄 알게 됐다.

함께 살고, 뭔가를 함께 한다고 해서 우리가 가족은 아니다.
서로의 관계에 대한 정확한 인식은 매우 중요하다.

진정한 공동체의 성공 요소

좋은 공동체를 만들기 위해서는 많은 행운이 필요할 뿐만 아니라 열심히 노력해야 한다. 우리 세 사람은 그간 함께 살면서 맺은 관계를 통해 배웠다. 사람들이 함께, 얼마나 조화롭게 살 수 있는지는 저마다의 조합 속에서 어떤 요인이 어떻게 작용하는지에 따라 결정된다는 것을. 처음에는 모든 것이 긍정적으로 보였더라도 시간이 흐름에 따라 결정적인 시험에 맞닥뜨리기 마련이다. 조금 무겁게 들릴지 모르겠지만 실제 상황을 통해 자세히 살펴보도록 하자.

다른 사람, 다른 스타일

공동주거를 하면서 맞닥뜨리는 모험 중 일부는 하나의 상황에 매우 다른 방식으로 접근하는 사람들과 함께 사는 법을 배워야 한다는 것이다. 이를 잘 보여주는 사례가 있다.

어느 일요일 저녁, 진과 진의 딸 모린, 모린의 남편 마크가 진의 침실 페인트칠을 마치고 난 후, 캐런과 루이즈는 뒷정리와 가구를 원위치로 돌려놓는 걸 도와주겠다고 제안했다. 진은 다른 사람들도 자기만큼 피곤하다는 걸 알기 때문에 극구 사양했다. 하지만 캐런과 루이즈는 3층에 있는 진의 방으로 올라가는 계단에 버티고 서서 계속 도와주겠다고 우겼다.

책장을 제자리에 돌려놓을 때 진은 책장을 놓아야 할 자리에 페인트가 튀어 말라 있는 것을 발견했다. 루이즈는 대수롭지 않게 넘겼다.

"음, 어차피 책장 밑이니까 그런 게 있는지 아무도 모를 거야."

하지만 진은 동의하지 않고 젖은 걸레로 손을 뻗었다.

"안 돼. 내 방 바닥이고 페인트 자국이 남는 건 싫어."

하지만 진의 입에서 이 말이 미처 나오기도 전에 캐런은 페인트 자국을 지울 수 있는 화학제품을 가지러 지하 창고로 달려가고 있었다.

이 사건은 우리 세 사람의 스타일 차이를 명확히 보여준다. 또한 사람들이 좋은 의도를 갖고서도 공유주택에서 서로 충돌할 수 있다는 걸 잘 보여준다.

• 루이즈는 '태평한 스타일'이다. 그냥 괜찮아 보인다면 괜찮은 것이다.

- 진은 문제가 해결되기를 바라지만 극도의 노력까지 하는 것은 꺼린다.
- 캐런은 어떤 일이든 제대로 하기를 바라고 웬만한 문제가 닥쳐도 거의 해결 수단을 가지고 있다. 캐런은 정확히 어디에서 그 수단을 찾을 수 있는지도 알고 있다. 음, 아마도 말이다.

각자의 통찰이 이리저리 튄 페인트처럼 서로 다른 방향으로 향하는 그 순간에, 우리는 앞으로 새도론에서 문제해결의 미래가 어떻게 펼쳐질지 알 것 같아서 일제히 웃음을 터뜨렸다.

세 명의 다른 사람들 그리고 세 가지 다른 접근법이었다. 우리는 "다른 게 좋지 뭐"라고 말한다. 하지만 우리 모두는 문제를 회피하려 드는 사람들이 아니라 문제를 해결하려 드는 사람들이다. 그 점이 중요하다. 마음을 계속 열고 있기만 한다면 서로에게 배울 것이 많을 뿐만 아니라 서로에게 기여할 것도 많다.

나를 향한 기대, 상대에 대한 기대

우리 모두는 비현실적이거나 잘못된 기대가 좋은 관계나 노력을 물거품으로 만들어버릴 수 있다는 사실도 알고 있다. 얼마나 자주, 많은 사람들이 상대방이 자신의 취향에 맞게 바뀔 것이라는 희망을 품고 결혼을 포함한 중요한 관계에 진입하는지 알면 깜짝 놀랄 것이다. 하지만 그러한 변화는 거의 일어나지 않고 오히려 불화의 씨앗이 되는 경우가 많다.

처음부터 우리는 서로의 기대에 대해 매우 확실히 하려고 노력했다. 하지만 대체 기대라는 게 무엇을 의미할까? 우리의 상황에 쏟아지는 다양한 기대를 살펴보자.

- 나의 기대: 개인적이거나 독자적인 기대
- 우리의 기대: 섀도론 파트너들의 집단으로서의 기대
- 사람들의 기대: 가족, 친구, 이웃의 기대

어떤 기대는 단순하고 쉽게 충족된다. 예를 들어 비어즐리는 우리 모두에게서 조건 없는 사랑, 관심, 보살핌을 받길 기대한다. 하지만 절대적으로 비어즐리를 책임지는 사람은 캐런이다. 캐런은 비어즐리의 식이요법, 야외 놀이, 의학 치료에 관해 진과 루이즈가 자신의 지시를 따를 것이라고 기대한다.

이웃들은 우리가 우리의 자산과 그들의 자산 가치를 최소한 동네의 평균기준만큼 잘 유지하리라 기대한다. 그리고 우리는 그렇게 한다. 하지만 만약 이웃들이 우리에게 동네의 어떤 전형적 유형(한 집에 한 가족이 살아야 한다는 것 같은)에 맞추기를 기대한다면 그들은 실망하게 될 것이다. 우리 집의 잔디 상태는 그다지 완벽하지 않았는데 이를 본 한 이웃이 매우 실망하여 우리 정원의 잡초 때문에 동네의 "자산 가치가 떨어졌다"고 비난했다. 나중에 우리는 그가 이 동네로 이사 오는 모든 사람들을 그처럼 거친 방식으로 맞이한다는 사실을 알고서 안도의 한숨을 쉬었다.

가족 구성원들이 품는 기대는 더 복잡하고 다면적이다. 루이즈의 엄마는 "여자 셋은 같은 부엌에서 절대 잘 지낼 수 없다"라고 예상하며 걱정했다. 하지만 지금까지는 문제가 없는 걸로 판명됐다. 아마 우리가 우리 자신을 규정하는 방식과 무엇을 우선시하는지에 차이가 있기 때문일 것이다. 루이즈의 엄마도 잘 알겠지만 루이즈는 무슨 수를 써서라도 요리를 피하려고 한다. 그래서 루이즈는 결코 방해가 되지 않는다(공평하게 하기 위해서 루이즈는 1년에 몇 번 정도 수프 한 솥과 스파게티, 감자 샐러드, 브라우니 등을 만들어 자기 몫을 다한다. 그리고 설거지를 자주 한다).

우리의 성인 자녀들 중 그 누구도 '엄마의 집은 나의 집이야'라고 추정하지 않는다. 루이즈의 아들 벤과 딸 사라는 자신들의 어린 시절 집, 즉 많은 소중한 물건의 보관소가 없어지는 현실에 대처해야 했다.

현실적으로, 우리는 진과 루이즈가 과거에 했던 것처럼 '엄마가 있는 집에 돌아가기'와 같은 혜택을 자녀들에게 제공할 수 없다. 하지만 합리적인 한도 내에서 각 하우스메이트가 자신의 가족과 친구들에게 따뜻한 보금자리를 만들어줄 수 있는 세심한 방법들이 있다.

진의 딸인 모린은 결혼해서 네 자녀를 두고 섀도론과 가까운 곳에 살고 있다. 모린은 새로운 변화에 대해 다음과 같이 말했다.

"십대일 때 부모님의 집은 저의 집이기도 했어요. 저는 아무것도 기여하지 않으면서 제 방에 대해 완전한 소유권을 누릴 특권이 있다고 느꼈어요. 그리고 제가 끊임없이 공동공간에 늘어놓는 물건들을 부모님이 치우라고 할 때마다 짜증을 냈죠. 게다가 부엌에 누군가가 사놓은 공짜 음식이 잔뜩 갖춰져 있지 않으면 겉으로 표현하지는 않았지만 분명 화가 났어요.

대학에 다닐 때는 방학 때마다 집에 돌아왔죠. 들어와선 몇 분만에 코트는 난간에 걸쳐놓고 냉장고를 열어본 다음 커피 테이블에 발을 올리고 편안히 쉬었어요. 그래도 꽤 발전한 거예요.

혼자 힘으로 살기 시작했을 때도 제 패러다임은 조금밖에 바뀌지 않았어요. 부모님의 집은 더 이상 제 집처럼 느껴지지 않았지만 저는 여전히 미리 알리지 않고 불쑥 찾아가고, 소파에 털썩 주저앉고, 좋아하는 것을 갖다먹는 게 제 당연한 권리라고 느꼈어요. 그리고 더 중요한 건 제 방이 아직도 제 소유였단 거예요.

제가 20대 때 부모님은 새 집으로 이사하셨어요. 부모님의 생활공간을 조금 더 존중하게 되긴 했지만 여전히 편하게 느껴서 내키는 대로 손님방에 난입하고 제멋대로 주방을 습격할 수 있었죠. 인생에서 기로에 설 때마다 매우 쉽게 몇 달 동안 공짜 방과 공짜 음식을 얻을 수 있었고 심지어 고양이까지 데려왔죠.

부모님이 이혼하고 엄마가 두 친구들과 함께 큰 저택으로 이사 들어가기로 결정한 후 확실히 모든 것이 완전히 바뀌었어요. 처음에는, 제 인생이 꼬일 경우에 찾아갈 수 있는 '호텔'이 갑자기 사라졌다는 생각에 조금 불안했어요. 이곳은 엄마의 집만이 아니잖아요. 루이즈 이모의 집이기도, 캐런 이모의 집이기도 했죠.

한번은, 잠시 인생의 엉킨 문제를 푸는 동안이었는데, 상황이 호전될 때까지 몇 주 동안 엄마네 집에서 머물 수 있을 거라고 당연히 생각했어요. 헉. 하지만 거절당했어요! 엄마의 협동주택 협약서에 그런 활동에 대한 조항이 없었던 거예요. 장난이 아니었어요. 엄마가 살고 있는 새 집은 나의 집이 아니었죠.

하지만 시간이 흐르면서 저는 누군가의 생활공간에 들어가기 전에 노크를 하는 것, 맘대로 꺼내먹기 전에 식사에 초대될 때까지 기다리는 것, 거실 옷장에 재킷을 거는 것이 그렇게 끔찍한 일은 아니라는 사실을 발견했어요. 사실 꽤 합리적이죠. 엄마의 집에 방문할 때 약간 더 조심스러워졌지만 제가 엄마 물건들의 공동 소유자라고 선언하고 나서 다시 원래대로 돌아왔어요. 이젠 심지어 그 집 열쇠도 있답니다.

현재는 매우 편안하게 느끼기 때문에 신발을 벗고 집안을 걸어 다니고, 소파에서 잠깐 눈을 붙이고, 식료품 저장실에서 간식을 갖다먹을 수도 있어요(장을 볼 때 누가 저를 생각해주기를 기대하는 건 아니지만요).

게다가 마치 일부러 그러는 것처럼, 우리가 엄마네 집에 손님으로 있을 때면 엄마가 그곳에 사는 유일한 사람인 것처럼 느껴져요. 엄마의 하우스메이트들은 집에 없거나 개인공간에서 엄청 조용하게 있어요. 개인공간에서 나올 때도 보통 그냥 지나가죠. 우리는 언제나 그분들을 환영하고 우리와 함께하자고 권해요. 그분들은 때때로 그렇게 하죠. 하지만 절대 먼저 나서는 법이 없고 공동공간에서 가족과 함께 보내는 서로의 시간을 항상 존중해줘요."

초대 손님, 방문객과 거리두기

여러 경우에, 우리 각자는 다른 사람의 가족 생일 파티에 얼굴을 비치지 않기도 하고 혹은 하우스메이트의 손님이나 지하실의 패밀리룸/게스트룸 방문객들을 상냥하게 환대하기도 하며, 때때로 뒤쪽에 빠져 있으면서 도움의 손길을 빌려주기도 한다.

예를 들어, 진의 조카인 골딘이 새도론에서 결혼 피로연을 했을 때, 루이즈는 기꺼이 주방도우미 역할을 맡아 저녁 내내 잔뜩 쌓이는 유리잔과 접시를 셀 수 없이 닦았다. 루이즈는 손님들과 수다를 떨기도 했다. 그 손님들 대부분은 행사를 지켜보는 것보다 주방에서 노닥거리는 것을 더 좋아하는 남성들이었다.

크리스마스 때가 되면 '낙오자' 친구들을 위한 크리스마스 저녁식사뿐만 아니라 가족 크리스마스 파티를 여러 번 열었다. 파티 주최자는 항상 하우스메이트들을 초대손님 명단에 넣었지만, 참석하고 참석하지 않고는 각자의 계획에 따라 결정됐다. 크리스마스 아침이면 하우스메이트들은 가족, 친구들과 함께 선물을 개봉하고 다른 하우스메이트들의 가족들과 함께 어울렸고 친구들을 비슷한 사람들끼리 분류해 여러 번의 크리스마스 연휴 저녁식사에 각각 초대했다. 가족모임을 할 때면 항상 다른 하우스메이트들을 초대하지만 초대에 매번 응하지는 않는다.

만약 그러한 가족모임에 초대되어 함께 저녁식사를 즐기면, 우리는 보통 식사를 끝낸 후 주방 청소를 자처한다. '재택 주방 도우미'가 있다는 사실은 손님 대접하는 일을 훨씬 덜 벅차게 만들어 준다.

이벤트를 할 때마다 우리는 항상 누구를 초대할 것인지 그리고 어떻게 하면 그들이 섀도론에서 즐거운 시간을 보낼 수 있는지 고민한다. 가끔씩 사람들을 조합하는 데 문제가 생기기도 한다.

언젠가는 캐런이 동네에 사는 '낙오자' 커플을 크리스마스 저녁식사에 초대한 적이 있었다. 그런데 갑자기 가족이 같은 날 저녁에 캘리포니아에서 방문하러 온다는 거였다. 저녁식사에 참석할 네 사람 다 성숙하고 품위 있는 사람들이었지만 두 커플에게 공통점이라곤 하나도 없었다. 크리스마스가 가까워지는 며칠 동안 우리는 어떻게 하면 이 사람들이 정치, 사회문제, 종교 신념 등에 대해 의견 충돌을 겪지 않게 만들 수 있을지 고민했다.

우리가 생각해낸 해결책은 사슴 모양을 한, 전구에 불이 들어오는 정원 장식물을 사는 거였다. 물론 조립이 필요한 제품이었다. 서로 데면데면한 두 남성 손님이 자연스레 어울리게 만들 수 있는 훌륭한 '사나이 프로젝트'였다. 우리는 그 사슴 장식물을 뒷마당에 놓으면 얼마나 크리스마스 분위기가 물씬 날지 상상하며 즐거워했다. 약속한 날이 다가왔고 우리는 곧바로 손님들에게 일감을 맡겼다. 몇 시간 후 사슴은 새로 내린 눈 위에서 반짝이고 있었고 우리는 즐겁게 크리스마스 저녁식사를 했다. 조립 작업의 대부분을 책임진 두 남성을 기념해 우리는 그 둘의 이름을 합쳐 사슴에게 '해리 데이비드'라는 이름을 붙여주었다(우리는 크리스마스 시즌에 이 친구의 이름으로 과일 바구니들을 보내는 장난을 즐긴다).

우리 각자는 섀도론에서 열리는 사교모임에 초대받은 걸 거절할 때 보통 다른 일을 해야 한다고 이유를 대거나 그냥 위층에 있는 개인공간에 머무른다. 각 하우스메이트가 사적인 가족 시간을 보낼 수 있게 하는 것이 중요하다고 생각하기 때문이다. 게다가 솔직히 말하자면 우리는 서로의 가족 집단 안에서 지나치게 많은 시간을 보내고 싶지 않다. 그 사람들이 얼마나 괜찮은 사람들인지에 상관없이 말이다.

캐런은 이렇게 말했다.

"난 너희 가족이 좋아. 하지만 너희 가족의 일부가 되고 싶지는 않아."

하지만 루이즈의 아버지는 이를 다르게 바라보신다.

"이 프로젝트는 세 명의 여성들이 적절한 비용으로 자신의 라이프스타일을 업그레이드할 수 있는 기회가 됐습니다. 하지만 무엇보다 제일 좋은 건 그 과정에서 나이 든 엄마와 아빠에게 두 명의 사랑스러운 딸들이 생겼다는 사실입니다."

이제 '아빠'는 자신이 가장 좋아하는 디저트인 초콜릿 무스와 그를 지극히 아끼는 '새로운 딸들'의 찬사를 정기적으로 받는다.

초기에 우리는 어색한 사회적 상황에 몇 번 부딪히기도 했다.

우리 셋과 다 알고 지내는 친구들은 어떤 활동에 우리 세 명 모두가 아닌 한 사람, 혹은 두 사람만을 초대하고 싶을 때 어떻게 해야 할지 어쩔 줄 몰라 했다. 우리는 사람들에게 우리는 여전히 세 명의 분리된 개인들이고 각각의 인생을 살고 있다고 터놓고 얘기함으로써 이 문제에 대처했고 앞으로도 계속 그렇게 대처할 것이다. 한 주소를 공유한다고 해서 우리가 한 세트인 건 아니다.

우리의 친구들은 선량한 기지를 발휘해 금세 그들만의 해결책을 만들었다. 명절 연휴 때 우리 중 한두 명은 공통 친구들이 개별적으로 보낸 카드를 각각 받는다. 개중 어떤 우편물에는 '진, 캐런, 루이즈 앞'이라고 적혀 있거나 '섀도론 앞' 혹은 'The O.B.C. 앞'이라고 적혀 있다.

선 긋기: 우리는 어떠한 관계이며 어떠한 관계가 아닌가

협동주택 만들기에 성공하기 위해서는 가장 먼저 여러분과 하우스메이트들이 어떠한 관계이고 어떠한 관계가 아닌지 정확하게 파악해야 한다. 코하우징 커뮤니티, 노인 커뮤니티, 코뮌 등 다른 유형의 공유주택에서는 일반적으로 규칙을 상세히 적어놓는다. 문제가 생기지 않게 하기 위해서 그리고 공동체의 기준을 설정하기 위해서이다. 하지만 우리의 경우, 협동주택 파트너십 협약서에 있는 조항들 이외에 다른 구체적 규칙들이 더 필요하다고 느끼지는 않았다.

우리는 이러한 관계가 아니다:

· 결혼 관계가 아니다.

· 가족 관계가 아니다.

· 사업 관계가 아니다.

우리는 이러한 관계이다:

· 협동주택의 공동주거인 관계이다.

· 공유 재산권을 가진 명의인들이다.

· 공동담보대출 소유자들이다.

· 개인 이익과 상속자의 이익을 보호하는 협동주택 파트너십 협약서 상의 파트너들이다.

· 가까운 친구들이다.

다음과 같은 점들을 명확히 하는 것도 매우 중요하다.

· 행복이나 우정을 위해 서로의 사적 필요를 충족해주리라 기대하지 않는다.

· 서로에게 완전히 의지할 수도 있지만 서로에게 의지하기를 기대하지 않는다.

· 어떠한 본질적 방법으로도 서로를 변화시키기를 기대하지 않는다.

· 각자가 책임을 동등하게 부담한다. 하지만 반드시 각 임무마다 같은 정도나 같은 유형의 책임을 지는 것은 아니다.

- 각자의 합리적인 우선순위에 대해 세심하게 대하고 공감을 한다.
- 각자 맡은 책임은 각각을 믿을 수 있게 (확실히) 다 끝낸다.
- 공동공간에 있는 물건들은 모두 공유한다.
- 개인 공간에 들어가거나 개인 물건을 사용할 때는 허락을 구한다.
- 문제가 발생하면 하나도 빠짐 없이 솔직하고 정중하게 이야기한다.
- 항상 의견을 일치시킬 수는 없다.
- 우리 각자는 어떤 일이 닥치든 긍정적으로 대처할 수 있을 만큼 충분히 성숙한 사람들이다.
- 우리는 열심히 일할 것이지만 재미있는 일도 많이 할 것이다.
- 집 안에서든 집 밖에서든 다른 사람의 험담을 하지 않는다.

마지막 의견에 하나를 덧붙이겠다. 아무리 다른 사람의 험담을 최소화한다 하더라도, 때때로 세 사람 중 두 사람이 만나면 나머지 한 명에 대해 언급하거나 심지어 가볍게 불평할 수도 있다. 솔직하게 말해서 우리는 이것이 인간의 본성이고 우리도 그렇게 한다는 사실을 알고 있다. 우리는 그럴 때마다 스스로를 상당히 빨리 저지한다. 삼각 구도화하고 그 중 둘이서 동맹을 맺는 일은 우리의 공동체에 치명적이라는 사실을 알기 때문이다. 한 사람을 두고 다른 두 사람이 힘을 합치는 것은 결코 공동체를 응집하는 건강한 방법이 될 수 없다.

유감스럽게도 거주자들 중 한 명이 길고 비밀스러운 이른바 'B-메일'을 통해 다른 사람에 대해 불평하는 안 좋은 습관을 보여주었다. 이 메시지들은 은혜를 모르고 상대방을 조종하려 느는 명백한 시도이다. 이 메시지들은 피해야 할 행동의 좋은 예와 나쁜 예를 보여준다.

보낸사람: 루이즈
받는사람: 캐런
제목: B-메일

친애하는 캐런에게
오랜만이야. 아무도 없는 틈을 타서 컴퓨터에 접근한 거야. 모두들 이곳에서 이런 걸 꽤 잘 제재해. 하지만 '큰 사람(루이즈)'은 '너의' 차를 타고 밖에서 빈둥거리고 있고, '빠른 사람(진)'은 가장 조그마한 녀석을 돌보고 있어. 그래서 인터넷에 접속할 기회가 생겼지.
맨 먼저, 나에 관해 말하자면, 사료가 거의 떨어졌어…… 약 삼아서 먹는 연유도 캔을 열어놓은 지 며칠이나 됐어…… 그리고 그들이 목요일 밤엔 나를 마당에 버려두고 나가버려서 세 시간 동안이나 우르릉거리며 현관문을 발로 긁었다고.
그리고…… '큰 사람'이 네 우편물을 보는 걸 봤어.
_비어즐리

보낸사람: 루이즈

받는사람: 캐런

제목: B-메일

친애하는 캐런에게

비어즐리가 우리 몰래 다시 컴퓨터에 접근하는 거 알고 있어. 근데 비어즐리가 모조리 고자질하지 않아서 조금 놀랐어. 뭐냐 하면, 네가 금요일 7시 30분에 너의/우리의 집에서 작은 파티의 주최자 역할을 하는 걸로 진과 내가 결정했어. 자세한 건 나중에 알려줄게.

네가 너무 오랫동안 집을 비웠기 때문에 네 청구서 일부를 들여다본 건 사실이야. 하지만 납부 날짜가 지났는지 보기 위해서일 뿐이었어. 자동차 보험금을 6월 8일까지 납부해야 해. 하지만 별 문제 없을 거야. 네가 그 훨씬 전에 여기 올 거니까. 이동통신사 버라이존에서도 청구서가 왔어……

안전하게 돌아오길 바라며,

_루이즈

규칙이 아닌 경계를 설정하라

모든 건강한 인간관계는 건강한 경계를 필요로 한다. 마찬가지로, 건강한 공동체는 건강한 경계에 좌우된다. 개인적 경계는 위키피디아에 정의된 바에 따르면 '한 사람이 자기 주변의 사람들

137

에게 어떻게 하는 것이 합리적이고, 안전하고, 허용 가능한 방식으로 행동하는 것인지 알려주기 위해, 그리고 누군가 그 한계를 넘어섰을 때 자신이 어떻게 반응할 것인지 알려주기 위해 만든 가이드라인, 규칙, 혹은 한계'이다. 누군가는 작지만 강한 심리적 울타리를 상상할지도 모르겠다. '좋은 이웃을 만드는' 데 도움이 되는 울타리이다.

지금 얘기하고자 하는 아이디어의 일부는 앞서 '기대'에 대해 이야기한 것과 겹친다. 우리가 깊이 고민해보고 싶은 결정적인 질문은 '어떻게, 언제, 어디에 이러한 개인적 경계를 설정해야 하느냐'이다. 중요성에 대한 의식이 우선이고 솔직한 대화는 그 다음이다.

우리는 경계 설정에 대해 많은 사례를 제시할 수 있다. "대화할 시간이 없어. 일해야 해" 혹은 "지금 자러 갈 거야"라고 말하는 것과 같이 일부는 아주 단순하다. 언제 그리고 어떻게 각 하우스메이트들의 가족들과 상호작용할 것인지 알아내는 것 또한 경계의 문제에 관련되어 있다.

우리 각자는 하우스메이트 중 한 사람의 이벤트를 위해 기쁜 마음으로 가끔씩 주방 도우미를 자처하거나 치우는 걸 도와줬지만, 우리 중 아무도 하우스메이트들이 손님 접대하는 것을 도울 책임이 있다고 생각하지 않는다. 때때로 한 하우스메이트가 주최하는 이벤트에 초청되어서도 손 하나 까딱하지 않을 때도 있다. 정말 기분이 좋다! 어떤 사람이 손님을 초대했다면 그 사람이 책임자인 것이다. 이 지점에서 고민이 생긴다. 그 사람이 자기 방식대로 하도록 내버려둘 것인지, '유용한' 조언을 해줄 것인지의 문제다.

다시 한 번 말하지만, 다음 요점은 아무리 강조해도 지나치지 않다.

협동주택의 성공은 바람직하고 굳건한 경계를 유지하는 데 달려 있다.

건강한 경계를 유지함으로써 우리는 서로를 존중할 수 있다. 각자의 독립성과 능력을 지지하는 것은 모두에게 긍정적이다. 남을 도와주고 있다고 본인은 생각하지만 실제로는 남을 망치고 있는 사람은 필요치 않다. 우리는 모두 충분히 강하고 서로의 영향력을 귀하게 여긴다.

사람들은 우리가 공식적인 규칙을 만들 필요를 찾지 못했다는 사실을 들으면 깜짝 놀란다. 우리의 경험상, 책임감, 공감력, 그리고 바람직한 경계 설정이면 충분하다. 실례를 들어보자.

여러분이 우편물이 도착할 때 우연히 집에 있어서, 우편물을 안으로 가지고 들어와서 분류했다고 생각해보자. 여러분이 그 주 매일 그 일을 했고 하우스메이트들은 한 번도 하지 않았다. 그렇다고 해도 그들의 급료가 들어 있는 봉투를 불빛에 비춰보면서 숫자를 확인하려 애쓰지 말라. 미스터리한 개인적 편지를 발견했다

하더라도 누구한테서 왔느냐고 묻지 말기 바란다.

달걀이 떨어졌다고? 누구의 차례인지 신경 쓰지 말기 바란다. 그저 퇴근하고 집에 가는 길에 사가라. 그리고 누군가 지난번 것에서 '정당한 몫보다 더 많이' 먹었다고 불평하지 말라.

하우스메이트가 데이트 상대와 함께 집에 돌아올 때면 친절하게 인사를 한 다음 상식을 발휘해 그 자리에서 사라져주라. 질문을 퍼붓거나 살짝 엿보지 말라.

이제 행복한 공동주거를 위한 본질적인 요소 한 가지를 더 말하겠다. 직접적으로 말해서, 성공을 위한 핵심 전제 조건은 '자기절제'이다. 좋은 의미에서의 자기절제 말이다. 훌륭한 자기절제는 중요한 경계선이 어디에 있는지 알고 그런 다음 절제력을 가지고 경계선의 올바른 쪽에 머무르는 것을 요한다.

침묵의 힘

누군가와 함께 살면 불가피하게 형제자매 간의 친밀감(동료애, 염려, 연민, 호기심의 자연적 혼합) 비슷한 분위기가 조성된다. 그러므로 논평, 질문 혹은 의견을 표현할 때와 침묵을 지켜야 할 때를 구별하는 것이 매우 중요하다. 심지어 세심히 배려하는 질문조차 자신의 영역을 침범하는 것처럼 느껴질 수 있다. 문제를 사적으로 해결하고 싶을 때 특히 그렇다.

어떤 질문들은 친절하지도, 도움이 되지도 않는다. 그저 단순한 호기심이나 참견하고 싶은 마음을 반영할 뿐이다. 가령 "누구랑 전화했어?" "어디 가?" 혹은 "언제 돌아올 거야?" 같은 질문들이 그렇다.

혼자 사는 것의 좋은 점 중 하나는 자신의 스케줄이나 일과의 다른 세부사항들에 대해 누구에게도 대답할 필요가 없다는 것이다.

> 경험에 근거한 법칙: 우리는 함께 살기 전에
> 결코 서로에 대해 체크하지 않았다. 그러므로 이제 와서
> 서로를 세밀하게 감시하기 시작할 필요는 없다.

함께 산 지 얼마 지나지 않아 겪은 몇 가지 흔한 사건들로 우리는 머리를 긁적이며 '어떻게 해야 하지?' 하고 고민했다.

일례로 어느 날 아침 진이 평소보다 늦은 시간까지 잠을 잤다. 캐런과 루이즈는 고민했다. '진이 죽은 건 아닐까? 위층을 향해 불러봐야 하나, 아님 가서 체크해봐야 하나?' 결론은 '아니'였다.

어느 날 밤 루이즈는 퇴근 후 영화를 보러 갔고 자정이 넘어 집에 돌아온 일이 있다. 진은 고민했다. '경찰에 신고해야 할까? 루이즈가 미리 전화를 했어야 하는 거 아냐?' 역시 결론은 '아니'였다.

캐런이 아침 일찍 약속이 있는데 루이즈는 아침에 캐런의 알람이 울리는 소리를 듣지 못했다. '캐런을 깨워서 약속에 대해 물어봐야 할까?' 결론은 '아니'다.

어디쯤에 경계선이 있는지 정확히 알아내기란 쉽지 않지만 직감이 가장 좋은 안내자인 것 같다. 거기에 솔직히 이야기를 나누

면 금상첨화다. 다른 사람의 직감은 내 직감과 다를 수 있기 때문이다.

물론, 때때로 하우스메이트들이 정말로 서로의 계획을 알아야 할 필요가 있을 때도 있다. 그 계획이 다른 사람들에게 직접적으로 영향을 미치기 때문이다. 현실적으로, 서로의 안전에 대해 걱정하게 만드는 상황들이 종종 있는 게 사실이다.

예를 들어, 누군가 밤새 집에 안 들어올 계획이면 다른 사람들에게 미리 알리는 게 맞다. 하지만 대체로 말하자면 우리는 각자 자신의 삶을 살고 있고 이전에 그랬던 것처럼 자신의 사적인 일은 자신이 책임진다.

> **나는 당신의 일을 속속들이 알아야 할 필요가 없고 내 자신의 일에 신경 쓰면 된다.**

커뮤니케이션: 마음을 열고 솔직하게

마음을 열고 솔직하게 이야기하는 것이 힘들 때도 있지만 우리는 어떻게든 숨을 깊이 들이마시고선 '고백'을 한다. 진이 차를 후진시키다가 캐런의 차를 들이받았을 때 진은 그 일을 즉시 처리했다. 배관공이 싱크대의 수챗구멍을 막고 있던 뚜껑을 빼냈을 때 캐런이 즉시 말했다.

"오, 내 실수야. 내가 사용하던 분쇄기의 작은 뚜껑이야."

다른 사람이 아끼는 물건을 잘못해서 망가뜨리면 그 사람에게 솔직하게 이야기하기 힘들다. 두려움이 엄습하기 때문이다. 어째서인지 진의 깨지기 쉬운 가보들은 가장 피해를 많이 본다. 때때로 고양이가 가해자일 때도 있다. 선반 위로 뛰어오르는 것이다. 우리 중 한 명이 물건을 부주의하게 옮기다가 사건이 벌어질 때도 많다.

하지만 우리는 불편한 마음을 꾹 참고 힘을 내 어떤 일이 벌어졌는지 솔직하게 이야기하고 최선을 다해 파손된 물건을 고친다. 때때로 파손된 물건을 전문 수리점에 보내거나 새 물건으로 교체하기도 한다. 가령 진이 아끼는 마샤 워싱턴(미국의 제1대 대통령인 조지 워싱턴의 부인 – 옮긴이) 도자기 조각상은 손목에 접착제로 붙인 흔적이 있다. 진의 일본식 도기 찻잔은 감쪽같이 붙여놔 거의 알아채기 힘들 정도다.

의사결정: 딜레마에서 거래 성립으로

반갑고도 놀라운 사실이 있다. 지금까지 우리가 내린 공동 결정 대부분은 만장일치로 이루어졌다. 바닥을 체리 색깔로 착색하는 것, 전기 수리의 필요성, 3층에 방이 있는 진에게 위험시 빠른 경고를 할 수 있도록 통합 연기 감지 시스템 만들기 등에 세 사람 모두 즉각적으로 합의했다.

우리가 모든 일에 대해 항상 만장일치로 합의할 수 있다면 얼마나 좋을까? 사는 게 훨씬 더 쉬워지지 않을까? 하지만 공상에 잠겨봤자 소용없다. 그런 건 애당초 불가능한 일이니까. 하지만 두 명이나 세 명이 항상 만장일치로 합의한다고 해서 꼭 일이 잘 되라는 법도 없다. 우리는 의사결정에 관련해서 서로 의견이 다를 때 플랜 C(consensus, 합의)나 플랜 D(democracy, 민주주의)로 향했다.

플랜 C: 합의

합의는 참여자 전부의 동의를 구하는 그룹 의사결정 과정이다. 합의에 도달했다는 것은 수용할 수 있는 해결안을 찾았다는 의미이다. 이 해결안은 각 개인에게 최선의 해결안은 아니지만 모두 지지할 수 있는 해결안이다. 이 의사결정 과정은 모든 입장들을 수용하고 존중해서 가능한 한 많이 동의하도록 이끌어내기 때문에 최종 결정된 사안을 실행할 때 구성원들이 더 크게 협조하게 만든다.

우리가 각 파트너가 주택의 동등한 몫을 소유하고 가사비용을 동등하게 분담하게 한 목적은 각자가 동등한 힘을 가지기 위해서였다. 하지만 한 가지 형태 이상의 힘이 존재한다는 점을 고려하지는 않았다. 예를 들어, 개인 스타일, 자신감 수준, 현재 사안에 대해 개인이 가지고 있는 정보의 양, 특정한 사안에 대한 열정의 수준, 이 모두는 주어진 상황에서 각 개인이 가지는 힘의 양에 영향을 미친다. 우리는 힘 혹은 다른 사람들에게 영향을 미치는 능력은 좋은 것이라고 생각한다. 긍정적인 힘은 합의를 이끌어낼 때 적절하게 사용된다면 그룹 전체에게 혜택을 줄 수 있다.

플랜 D: 투표

우리는 어떠한 문제들은 간단한 투표에 부쳐 결정한다. 셋 중두 사람이 같은 의견에 투표하면 다수 의견이 된다. 나머지 한 사람은 민주주의 절차(2명의 표가 1명의 표를 이긴다. 간단하다. 그렇지 않은가? 홀수의 매력이다)에 따른다. 일반적으로 우리 각자는 투표 결과가 자신의 뜻과 다를 때에도 정중하게 받아들인다.

하지만 때때로 어느 한 사람에게 특별히 중요한 문제인 경우 개인적 감정이 강하게 작용한다. 투표로 결정이 났지만 억울함이 남거나 감정이 상할 수도 있다. 그런 경우에 우리는 합의를 이끌어내기 위해 더 노력한다. 물론 시간이 더 들기는 하지만 궁극적으로 더 만족스러운 결과를 낳는다. 참여자들 모두의 중요성(그들의 의견과 감정 둘 다)을 존중한 선택이기 때문이다.

때론 그냥 타협한다

자신의 선택이 채택되지 않을 때에는 타협을 해야 했다. 잠시 기분이 안 좋을 수는 있지만 그래야 정상이지 문제될 것은 없다. 우리의 경우 대부분은 모두들 실망감을 곱씹거나 계속 가지고 있지 않고 그냥 떨쳐버린다. 가끔 "투덜대지 않기로 해"라고 가볍게 말해야 할 때도 있지만 그야말로 아주 가끔이다.

기이하게도 가장 의견이 안 맞아 열띤 토론을 거듭해야 했던 주제는 '행주냐 스펀지냐'였다. 루이즈와 캐런은 진이 역겹고 세균투성이인 스펀지를 왜 사용하고 싶어 하는지 이해하지 못한다.(진:

"살균은 전자렌지나 식기세척기로 할 수 있잖아") 한편 진은 왜 젖은 세균투성이 행주를 싱크대 위에 걸쳐 놓아서 음식 준비를 방해하는지 이해하지 못한다.(캐린: 행주는 세탁기에 언제라도 돌릴 수 있어.") 우리 주방 싱크대에는 행주와 스펀지 둘 다 있지만 아무도 납득을 하지 않고 아무도 입장을 바꾸지 않았다.

때때로 타협안을 받아들이거나 그룹의 의견에 따르거나 원칙대로 하는 것이 어려울 때도 있다. 루이즈는 간절히 식당에 벽지를 바르고 싶어 했지만 다른 사람들은 그럴 마음이 없었다. 미래에 대한 희망을 버리지 못한 루이즈는 은밀히 벽지 무늬를 알아보기 시작했다.

그러던 어느 날 진은 이런 전화를 받았다.

"애크미 인테리어입니다. 루이즈님에게 주문하신 벽지샘플책을 가져가셔도 될 준비가 되었다고 전해주십시오."

진은 이렇게 대답했다.

"알겠어요. 꼭 전달해드리죠."

전화를 끊자마자 진은 루이즈에게 '딱 걸렸다'고 알릴 생각에 와하하 웃음보를 터뜨렸다.

루이즈는 현행범으로 걸린 게 재밌기도 하면서 한편으로 약간 당황스러웠다. 루이즈는 열심히 핑계를 댔다.

"윈도쇼핑 좀 한 것뿐이야."

하지만 루이즈는 자신이 원칙을 어긴 것을 인정해야 했다. 공동체 안의 문제에 대해 이미 다수결에 따라 결정을 내린 후였기 때문이다. 하지만 아무도 언짢게 생각하지는 않았다. 게다가 놀랍게도 뜻밖의 성과가 생겼다. 루이즈가 벽지를 알아보고 있었다는 사실에 캐런과 진은 루이즈가 얼마나 식당을 칙칙한 갈색과 어두운 금색에서 생기로운 분위기로 바꾸고 싶어 하는지 알게 됐다. 그래서 진과 캐런은 이국적인 나비 무늬 벽지로 새로 도배하자는 루이즈의 간청을 받아들였다. 어느 정도는 마지못해 하는 면이 있었지만 말이다.

루이즈는 나비 무늬 벽지가 그다지 튀지 않고 수수하다고 철석같이 믿었다. 그녀의 의견에 따르자면 식당 창문 밖으로 보이는 뒷마당의 풍경과 기가 막히게 잘 어울린다는 것이다. 하지만 사람들은 벽지 속 나비를 한눈에 알아보았고 심지어 오랫동안 기억했다. 여러 형태의 나비 선물이 몇 년 동안 계속 들어왔으니까. 세련된 나비와 조잡한 나비, 큰 나비와 작은 나비, 화려한 나비와 수수한 나비, 털로 덮인 나비와 매끈한 나비, 직접 만든 나비와 가게에서 산 나비, 나비가 그려진 옷과 나비 장식품들, 그 밖에도 한참 더.

우리가 받은 첫 번째 나비 선물은 우리의 친구이자 손재주가 좋은 찰리에게 받은 거였다. 찰리는 우리 모르게 식당 천장에 철사를 달아 거기에 비단 나비를 테이프로 붙여놓았다. 우리가 고개를 들어 발견하기 전까지 그게 얼마나 오랫동안 머리 위에서 맴돌았는지는 우리 중 아무도 정확히 모른다. 어떤 범주의 친구들이든 그 안에서만 통하는 농담 같은 게 있다. 우리에겐 그게 나비였다. 우리는 나비 그 자체에는 질렸지만 우정과 온화한 농담이 배어 있는 선물에 질린 것은 아니다. 이 책을 쓰고 있는 이 순간에도 나비 모양 막대 초콜릿이 냉장고 안에서 자기 차례를 기다리며 얌전히 놓여 있다.

신중 또 신중한 문제 해결

모두 한 상황에 대해 '어떤 일을 해야 한다'고 동의했다 하더라도, 성급하게 조치를 취하기 전에 여러 대안들과 결과들을 신중하게 고려해보아야 한다. 섀도론에 이사 들어온 직후 집들이를 준비하는 동안 진이 아티초크(국화과 식물. 엉겅퀴 꽃같이 생긴 꽃봉오리의 속대를 식용함 - 옮긴이)를 다듬다가 껍질이 싱크대의 수챗구멍 안으로 들어가버렸다. 결국 싱크대 배관이 막혀버렸고 집들이 동안 싱크대를 사용할 수 없었다. 악!

물론 집들이를 중단할 수는 없었기 때문에 우리는 할 수 있는 최선을 다해 그 상황에 대처했다. 그 다음 날인 일요일에 우리는 배관공을 불렀고 그는 막힌 배관에 도달하기 위해서는 지하에 있는 벽을 부숴야 한다고 했다. 천문학적인 비용이 예상됐다.

다행히 우리는 기다렸다가 두 번째 배관공에게 두 번째 견해를 들었고 막힘 문제는 비교적 합리적인 가격으로 다소 수월하게 해결되었다. 두말할 필요도 없이 더 이상 아티초크 껍질이 수챗구멍 아래로 내려가는 일은 없었다.

수리 혹은 보수에 대한 대부분의 결정은 공동으로 내렸다. 비록 우리의 파트너십 협약서에 한 파트너가 다른 파트너들을 위해 2,500달러까지 비용을 발생시킬 수 있다고 명기되어 있지만, 우리 중 그 누구도 비용이 많이 드는 프로젝트를 시작하는 데 대해 그렇게 큰 단독 책임을 지고 싶어 하지 않았다. 늘 우리는 도급업자와 견적과 관련하여 정보를 수집하고, 그 정보에 대해 함께 의논한 다음, 다 같이 결정을 내렸다.

때때로 특정한 일의 구체화에 대해 셋 중 한 명 혹은 두 명이 더 관심이 많을 수도 있다. 효율적인 경영을 위해 그때그때 각자의 시간과 스케줄에 따라 한 명의 파트너가 보통 하나의 프로젝트에 대해 통솔 책임을 맡고, 소개를 받고, 견적을 모으고, 작업을 감독한다. 나머지 두 사람은 실제로 작업을 하는 동안 도움이 필요할 때 잠시 거들어준다.

좋은 사례가 있다. 캐런이 홈오피스에서 혼자 일하고 있을 때 전문 업체가 조경일을 한 적이 있다. 도급업자가 주문하지 않은 열 그루의 관목을 싣고 와서 심으려고 하자 캐런은 직장에 있는 루이즈와 진에게 전화를 걸어서 어떻게 해야 할지 상의했다. 루이즈와 진은 캐런에게 캐런 뜻대로 결정하라고 말했고 나중에 결과에 모두 만족했다.

의사결정 팁:
문제를 장황하게 논하지 말라. 간단히 끝내라.

어떤 단체에서든 공동체의 유대감은 함께 노력할 때 형성되고 강화된다. 우리 세 사람은 공통 관심사와 열망을 많이 공유하고 있다. 우리의 공동 활동 중 어떤 것들은 개별적 취미 혹은 관심사와 딱 들어맞는다. 우리는 모두 좋아하는 음반사와 공연사의 티켓을 함께 모은다. 진과 캐런은 루이즈의 세미프로 합창단의 충실한 지원자이다. 오랜 애원을 받은 끝에 캐런은 마침내 진과 루이즈가 그녀의 멋진 사진들 중 몇 개를 골라 액자에 넣어 거실에 걸어놔도 된다고 허락했다. 하우스메이트들은 그 과정에서 캐런의 방대한 사진 기록 보관소를 자세히 조사하는 걸 즐겼다. 우리는 가게에 걸어가서 액자를 고르고 사진을 틀에 끼우고 벽에 망치질을 한 다음 그걸 걸었다. 훌륭했다.

우리 모두는 현재 그리고 가까운 미래에 우리의 협동주택이 계속 잘 돌아가도록 만들고자 하는 동기는 강하지만, 동시에 이것이 '죽음이 우리를 갈라놓을 때까지 영원히 함께하겠다' 식의 상황이 아니라는 사실 또한 잘 알고 있다.

하위 목표들에는 이 오래된 저택을 매력적이고, 따뜻하고, 다정한 공간으로 변형시키는 일이 포함되어 있다. 재미있는 공간말이다. 하지만 일방적인 행동을 통해 이루어질 수는 없다. 게다가 오랜 시간 동안 자신의 집을 관리해본 성인들에게는 상당히 적응이 힘들었다. 우리는 인내심을 연습해야 했다. 또 팀 혹은 트리오로 일해야 했다. 협동 방식은 더 시간이 오래 걸리지만 우리는 문제들을 장황하게 논하지 않았다. 대부분의 질문들은 빠르고 쉬운 결정과 함께 자연스러운 방식으로 해결됐다.

특히 우리는 다음과 같은 팀 프로젝트를 즐겼다. 세 주방을 하나로 합치기(많이 버려야 했지만), 특별한 경우에 그리고 그다지 특별하지 않은 경우에 친구들을 초대해 대접하기, 정원에 새로운 꽃들과 관목들 심기, 명절 전통 만들기, 모든 사람들이 즐길 수 있는 생일 선물 결정하기(꽃다발), 마지막으로 우리의 많은 책들 전부를 합쳐 통합 서재를 만드는 일 등이다.

그 많은 책들에 대하여

모든 사람들의 서재는, 얼마나 자주 책들을 추려내서 친구나 중고서점, 도서관에 넘기느냐에 상관없이 항상 책들로 넘쳐난다. 우리의 서재는 다방면에 걸친 컬렉션인데, 의학/건강 분야에서부터 심리학/정신병리학, 유머러스하고 엉뚱한 책들(고양이에 관한 온갖 실없는 책들)에 이르기까지 갖가지 책들이 통계분석이나 리더십 컨설팅 책처럼 두껍고 무거운 책들에 기대어 있다.

시, 사진, 음악, 역사소설, 삼류소설(아무도 소유자라고 나서지는 않지만 우리 모두 읽은), 풍자소설도 있다. 진과 캐런은 루이즈의 『공포증에 대한 작은 책(The Little Book of Phobias)』과 『부정적인 사람들을 긍정하기(Affirmations for Cynics)』를 휙휙 넘겨본다. 물론 코하우징과 계획공동체에 관한 책들을 모아둔 책꽂이도 있다.

마지막으로 하지만 중요하게, 우리의 컬렉션에는 헨리 제임스가 쓴 『보스턴 사람들(The Bostonians)』이 포함되어 있다. 『보스턴 사람들』을 언급하는 이유는 개인적인 관련이 있기 때문이다. 이 책은 헨리 제임스의 19세기 소설인데, 한집에 함께 사는 두 여성들을 그리면서 전통적 결혼에 대해 대안을 제시했고 그 때문에 출간 당시 많은 논란을 불러일으켰다.

'보스턴 결혼(Boston Marriage)'이라는 용어는 독립적인 싱글 여성들이 함께 사는 상황을 설명하기 위해 만들어졌다. 싱글 여성들은 19세기만 해도 의심의 눈초리를 받는 매우 작은 소수집단이었다. 데이비드 마멧의 연극 〈보스턴 결혼〉이 지역에서 상연됐을 때 우리는 21세기 버전으로 상연 전 토론회를 주최했다. 관객들의 열띤 질문과 논평은 공동주거에 대한 관심과 호기심을 반영했다.

이제 우리가 새도론에서 맞은 첫 번째 크리스마스 이야기로 넘어가려 한다. 지금까지 살면서 가장 큰 '실수'를 한 때이기도 하다. 크리스마스트리 전구를 두고 그런 일이 벌어질 거라고 누가 상상이나 했겠는가?

나비 무늬 벽지를 사랑하는 루이즈는 틈만 나면 책을 읽는 엄청난 독서광이다.
고요한 정원은 그녀가 가장 즐겨찾는 장소다.

세 사람은 모두 정원 가꾸기를 좋아한다. 하지만 그 스타일은 서로 조금씩 다르다.
때론 아주 사소해보이는 일이 갈등의 핵심으로 등장하기도 한다.

섀도론에 싸움이?

사람들이 알고 싶어 하는 것은 따로 있다. 그들은 호기심을 억누를 수 없다는 듯이 자꾸 질문을 던진다.

"세 사람이 싸운 적 없어요?"

거의 싸우기를 바라는 눈치다. 아니면 기가 센 여성 셋이 커다란 싸움 없이 지낼 수 있는지 상상하기 힘들어서일 수도 있고.

솔직한 대답은 "없어요. 지금까지는, 너무 좋아요."이다.

지금까지 중에 가장 아슬아슬했던 상황은 크리스마스트리 전구와 관련해 벌어졌다. 진은 캐런과 루이즈에게 자신이 저녁식사를 준비하는 동안 동네 철물점에 가서 미니 전구들이 달린 선을 사오라고 보냈다. 하지만 1950년대에 대한 향수가 갑자기 치솟은 루이즈와 캐런은 큰 전구들이 달린 구식 스타일을 사가지고 돌아왔다. 루이즈와 캐런은 자신들의 갑작스런 계획 변경에 대해 진에게 전화를 걸어 의논하지 않았다. 사소해 보이지만 분명히 사려 깊지 못한 행동이었다. 진은 확실히 기분이 좋지 않았다. 단순히 하우스메이트들의 선택(진은 그 투박한 전구를 정말 싫어했지만)에 대해서만이 아니었다. 자신이 의사 결정 과정에서 배제됐기 때문이다.

우리는 타협을 했다. 섀도론에서 보내는 두 번째 크리스마스 때는 트리에 반짝거리는 작은 전구들을 달기로 합의한 것이다.

덧붙이자면, 1년 후 흰색 전구를 기대했던 루이즈는 캐런과 진이 알록달록한 미니 전구들이 달린 선을 감는 걸 보고 경악했다. 깜짝쇼였다. 의사소통 상의 또 다른 작은 문제였지만 크게 걱정할 일은 아니었다.

관계의 룰: 아무도 배제되어서는 안 된다.

우리의 크리스마스트리 전구 사건이 유치한 갈등처럼 보이는가? 루이즈의 아버지인 에드는 우리에게 인생과 인간관계에서 '사소한 일들이 큰 것을 좌지우지할' 때가 많다고 늘 상기시켜준다. 많은 가족 싸움은 매우 하찮은 갈등에 의해 촉발되곤 한다. 이런 경우 정작 싸움이 끝나고 나서는 무엇 때문에 싸움을 시작했는지 아무도 기억하지 못하기도 한다.

합리적으로 보면, 편을 나누어 싸워야 할 필요가 없다. 해결하고자 하는 의지만 있다면 서로 타협할 수 있는 방법이 얼마든지 있기 때문이다. 하지만 인간의 감정은 합리적이지 않다.

협동주택에 살기 시작한 이후, 우리는 과거 각자의 가족들과 살 때에 비해 감정을 폭발시키거나 타인과 갈등을 겪거나 논쟁을 벌이는 일이 훨씬 줄어들었다는 사실을 발견했다. 우리의 환경에서 어떠한 면이 감정 조절하는 것을 더 쉽게 만들었을까?

루이즈는 우리가 '좋은 행동'을 유지하기 위해 더 열심히 노력한다고 생각한다. 가족들에게 하듯 모든 일을 당연시하지 않기 때문일 수도 있다.

특이하게도 우리의 경우, 갈등이 기싸움에 가깝게 되어 스트레스를 야기하고 감정을 상하게 만들었던 일은 정원 가꾸기와 관련해서 벌어졌다. 정원 가꾸기?

어울리지 않아 보일지 모르겠지만 정원은 우리 각자에게 매우 중요하다. 게다가 우리의 정원 가꾸기 스타일은 서로 다르다. 캐런은 오직 최상의 상태만을 유지하고 그렇지 않은 것들은 없애버리는 경향이 있다. 진은 식물이 잘 자랄 수 있도록 식물 주변에 공간을 비워놓는 깔끔한 정원을 좋아한다. 루이즈는 색채가 다양하고 정글처럼 무성한 걸 좋아한다. 제초는 최소한으로 하고.

자신이 아끼던 식물이 갑자기 사라지거나 좁은 공간에 너무 많은 식물이 새로 생길 때마다 울화통이 치밀었다(극히 작게, 정말이다). 정원에 쏟은 시간, 돈, 육체노동이 우리의 불만에 더 부채질을 했다. 뭔가를 이루기 위해 열심히 노력했는데 그것이 인정받지 못할 때 사람들은 더 화를 내기 마련이니까.

어느 순간, 루이즈는 다른 사람들이 정원에서 약간 수동공격성(잘 드러나지 않는 방법으로 고집을 부리거나 삐딱한 태도를 취하고 지시에 꾸물거리는 등 소극적인 방법으로 상대에게 분노를 표출하는 것 – 옮긴이)을 보이고 있지 않은지 의문을 품었다.

"정원에 정말 예쁜 게 피었구나 하고 생각하기만 하면 바로 사라져버려. 푸른 자주달개비에게 무슨 일이 생긴 거지? 바위로 된 정원에 있던 옥잠화는? 하얀 제비꽃은? 초봄이면 오렌지색 매자나무 관목 무리가 푸른 물망초와 대비돼서 정말 완벽하게 아름다웠는데……."

루이즈는 웬만하면 마음을 느긋이 먹으려 애썼지만, 때때로 진과 캐런이 완벽하게 아름다운 다년생 식물 군락을 삽으로 열심히 파서 분리하고 골라내고 위치를 바꾸는 장면을 볼 때마다 화가 났다.

"진과 캐런이 추모일(Memorial Day, 5월 마지막 월요일 – 옮긴이) 주말 내내 화초를 뽑고, 다듬고, 옮겨 심고 있을 때만큼 내적 갈등이 심해질 때가 없어. 나는 햇볕을 쬐며 느긋이 쉬고 싶은데. 시원한 음료수를 마시고 독서를 하며 그냥 쉬면 된다는 거 알아. 하지만 돕지 않고 있으면 죄책감이 느껴져. 그 다음엔 괴팍해지지. 속으로 투덜거려. '이 정원 가꾸기 사업은 영원히 안 끝나는 건가?' 책에도 집중이 안 돼. 뒷마당으로 가서 마음을 가라앉혀야겠어. 앞마당에서 뭘 하고 있는지 신경 쓰지 않는 거야. 그러곤 나중에 불쌍한 푸른 자주달개비를 구출해서 원래 있던 곳에 다시 심어줘

야지."

자, 누가 수동공격적인가?

우리는 이 문제에 대해서도 함께 논의를 했다. 정원의 구역을 나눠 관리해볼까 하는 해결책도 나왔지만 사실 이 해결책에 대해 진지하게 고민하지는 않았다. 그 대신 미세한 타협과 조정으로 만족했다. 정원 가꾸기에 대한 우리 각자의 우선권은 다르기 때문이다. 진과 캐런은 '정원 가꾸기는 결코 끝나지 않는다'를 좌우명으로 삼고 있으며 적극적으로 정원 가꾸는 것을 정말 좋아한다. 반면 루이즈는 오색찬란한 꽃들을 찬미하면서 의자에 기대 앉아 책 읽는 것을 더 좋아한다. 물론, 정원 가꾸기는 결코 끝나지 않는다.

상대가 변하면 나도 변한다

서로의 차이가 부각될 때마다 우리는 서로 눈치를 보며 머뭇거리기보다는, 자신의 정체성과 가치관의 본질적인 부분들을 포기하지 않으면서도 서로에게 영향을 받으려 노력했다. 실제로 우리는 작지만 놀라운 면에서 서로에게 영향을 미쳤다. 그럼으로써 자신을 확장하고, 일을 원래와 다른 방식으로 시도해보고, 자신의 판에 박힌 생활이나 안전지대에서 나올 수 있었다.

부주의한 사람에게는 조심성을 기를 수 있는 좋은 기회이다. 주방 싱크대 앞에 서서 통조림 콩을 먹는 것에 익숙한 사람에게는 가정식 요리를 먹을 수 있는 좋은 기회이다. 항상 진지하고 분석적인 사람에게는 때때로 시시하게 굴고 엉뚱해질 수 있는 좋은 기회이다.

우리는 삶에 대해 다른 사람들이 가진 태도의 아름다움 혹은 유용성을 더 잘 인정할 수 있게 됐다.

이사 온 지 얼마 되지 않았을 때, 합리적인 성격의 캐런은 하우스메이트들에게 엉뚱한 아이디어들과 질 낮은 예술품은 질색이라고 딱 잘라 말했다. 특히 캐런은 진과 루이즈가 현관의 측면에 있는 두 개의 커다란 그리핀(사자 몸통에 독수리의 머리와 날개를 지닌 신화적 존재 - 옮긴이) 조각상을 조잡하게 장식해서 이웃들에게 피해를 주고 자기를 민망하게 만들까 봐 벌벌 떨었다.

하지만 그리핀 조각상을 핼러윈에는 마녀 모자로, 크리스마스에는 산타 모자로, 참회 화요일(사순절이 시작하기 전날 - 옮긴이)에는 구슬목걸이와 가면으로 장식한 사람이 누구였을까? 빙고! 바로 캐런이다.

> 자연스럽게 내버려두라.
> 의무로 여기지 말라. 삶은 좋은 것이다.
> 삶을 즐기고 기쁨을 나누라.

만약 모두 집에 있어야 한다면

사람들은 자주 묻곤 한다.

"만약 세 사람이 다 은퇴하고 집에만 머물게 된다 해도 이전만큼 잘 지낼 거라고 생각하세요?"

섀도론에서 처음 8년을 보내는 동안, 캐런은 정기적으로 출장을 다녔고 다른 지역에서 더 많은 시간을 일했다. 하지만 9년째에 접어들면서부터는 집에서 일하는 시간이 대폭 늘었다. 우리 세 사람 모두 집에 있을 때면 역학이 조금 바뀐다. 이는 우리가 은퇴하고 나면 어떠한 모습일지 잠깐 엿볼 수 있게 해준다. 한 가지를 예로 들자면, 캐런은 열정적으로 주택 수리 프로젝트에 뛰어든다. 만세! 주방이 대변신했다.

현재는 낮 동안과 대부분의 저녁 시간 동안 각자의 길을 간다. 모두가 집에 있는 흔치 않은 저녁 시간이 생기면 우리는 보통 일과가 끝난 후 같이 모여서 생각과 경험을 나누거나 아이디어를 자유롭게 이야기한다. 우리 모두는 에너지가 강하고 매우 바쁜 여성들이다. 만약 은퇴한다 하더라도 우리의 다양한 관심사로 미루어봤을 때 많은 활동에 계속 참여할 가능성이 높다. 우리는 우리의 현재 일상이, 조금 더 여유로워지기는 하겠지만, 크게 바뀌지는 않을 것이라고 생각한다. 수정구슬이 없으니 점칠 수는 없는 노릇이다. 최선의 추측일 뿐이다.

작은 일을 함께 해결하는 것도 중요하다.
하지만 그보다 훨씬 중요한 일은 '기본적 삶의 가치'를 공유하는 일이다.

공유를 통해 배운 것들

섀도론 모험을 시작한 이래 가장 최근 기념일에 우리는 건배를 하면서 만장일치로 외쳤다.

"우리는 우리의 공동생활에 매우 만족합니다!"

많은 시간이 쏜살같이 흘러갔다. 사실 협동주택 파트너로서 함께 일하는 것은 예상했던 것보다 놀랍도록 쉬웠다.

계속 그럴까? 오직 시간만이 말해줄 것이다. 인생에서, 변화와 도전은 예측할 수 없는 경우가 많으니까. 하지만 최소한 갑자기 발생하는 도전 과제들을 처리하는 방법은 통제할 수 있게 됐다. 지금까지 우리는 서로가 뚜렷한 견해와 취향이 있는, 개성이 강한 사람들임에도 불구하고 공정하고 유연하다는 사실을 발견했다.

그 결과 무엇을 배웠을까? 셀 수 없을 정도다. 기본적으로, 건강한 공동주거 관계를 쌓아가는 일은 인생의 일반적 교훈에서 비롯

한다. 우리의 인생이 펼쳐지면서 우리는 점점 더 성숙해지고 현명해지고 있다.

삶의 우선순위를 공유하면 일상이 재밌어진다

함께 살게 되면서 우리는 예전보다 집안일 하는 것을 즐기게 됐다. 아마 집안일을 혼자 하지 않기 때문이거나 파트너를 꼬드겨서 내키지 않는 일도 하도록 만들려 애쓰기 때문일 것이다. 운이 좋게도 우리는 편안하고 아름다운 집을 만들고자 하는 동기 수준이 비슷했기 때문에 아무도 임무 앞에서 머뭇거리지 않았다(예외적 상황이 가끔 있긴 했지만).

하루 종일 업무를 보고 나서조차 가끔 새로운 활력을 얻어 집안일 프로젝트에 덤벼들 때도 있었는데, 그럴 때는 내적 동기가 행동을 개시하는 데 핵심이다. 이는 배우자들의 생각이 우리의 생각과 차이가 났던, 과거의 파트너십과 크게 달랐다. 분명히 우리의 전남편들 중 누구도 자정에 액자를 걸 못을 박으면서 우리와 함께 어깨를 들썩이며 킥킥거리지는 않았다. 물론 모든 여성이 같은 관심사를 공유하는 것은 아니다. 사람들은 성별이나 다른 어떤 카테고리와 관계없이 삶의 우선순위가 서로 크게 다를 테니까.

협동주택을 만들기 전에 먼저 생각해봐야 할 것이 하나 있다. 관심사나 열정을 공유하는 것은 일상생활의 임무에 대한 상호 책임감을 증진시켜주고 하우스메이트들 사이에 갈등이나 실망을 감소시켜줄 가능성이 높다.

여러분과 여러분의 예비 하우스메이트들이 협동주택의 주요 우선사항으로 선택할 만한 것들에 대해 미리 생각해보라. 그리고 그러한 우선사항들이 일상생활을 어떤 모습으로 만들어나갈지 생각해보라. 공유하거나 혹은 의견이 다를 수 있는 열정과 관심사의 목록은 끝이 없다. 아이들, 확대가족, 건강, 음악, 요리, 손님 초대, 정치, 스포츠, 애완동물, 독서, 자원보존, 단순한 삶, 절약, 휴식…… 여러분에게 가장 중요한 그 무엇.

역설, 위험과 보상

우리는 동기를 공유하고 있었기 때문에 서로 잘 들어맞았다. 만약 어떤 것을 혼자서 할 수 없다면, 하는 법을 배우거나 솜씨 있는 사람에게 전화를 걸거나, 이웃에게 물어보거나, 다른 하우스메이트들이 도와주기를 기다리면 된다.

타인이 자신의 신체적 욕구 혹은 정서적 욕구를 충족해주리라 기대만 하지 않는다면 공동주거에 참여하는 것이 주는 개인적 성취감이 더 커질 것이다.

자신만의 욕구를 만족시키는 일에 집중하지 않을 때 관대함과 유대감이 더 커지고 사방으로 눈부시게 뻗어나간다.

협동주택이 잘 굴러가게 만드는 본질적 특징은 우리나 우리의 상황에만 국한되지 않는다. 우리는 같은 원리가 결혼이든, 연인 관계든, 친구 그룹이든, 가족 집단이든 웬만한 유형의 인간관계에도 다 적용된다고 생각한다.

역설적으로 들릴지 모르지만, 건강한 인간관계를 유지하기 위해서는 다음과 같은 본질적 핵심들을 받아들여야 한다.

- 사람늘 사이의 어떠한 차이들은 협상의 대상이 아니다.
- 어떠한 행동들은 수용 불가능하다.
- 어떠한 경계 침범은 반드시 관계의 끝을 가져온다. 혹은 최소한 함께 살겠다는 협약의 파기를 가져온다.

합의한 재정적 부담금을 내지 않는 파트너, 중독성 물질을 남용하는 파트너, 정서적으로 불안정한 파트너, 할당된 집안일을 하지 않는 파트너 등이 이러한 사례에 포함된다.

한번 균형 상태가 와해되면, 상호의존(codependency, 보살핌을 필요로 하는 사람과 그것을 베푸는 사람 사이의 지나친 정서적 의존성을 가리키는 심리학 용어 - 옮긴이) 패턴과 조성행동(enabling, 누군가를 도와주고 있지만 사실상 그를 파괴하는 행위를 의미하는 심리학 용어 - 옮긴이)이 나타날 수 있다. 즉, 한 파트너가 다른 파트너의 결핍에 대해 과잉 보상을 하게 되고 그 결과 불균형이 더 심화되거나 충돌이 발생할 수도 있다.

우리 세 사람은 절대적 경계에 대해 매우 분명하다. 우리 중 그 누구도 동등하게 책임을 지지 않는 파트너를 북돋우기 위해 자신의 시간, 에너지, 혹은 자원을 쓸 의향이 없다. 설령 그렇게 할 수 있다 하더라도 그렇게 하지 않을 것이다. 많은 여성들은 시간이 흐름에 따라 점차 성숙하면서 자기존중감과 자기주장이 더 강해진다. 우리도 그랬다.

또 다른 역설이 있다. 함께 살고 자원을 공유함으로써 우리는 셋 중 누구도 재정적인 이유만으로 이곳에 남아 있을 필요가 없는 정도까지 상황이 향상됐다. 우리 각자는 은퇴하고 나서도 아무 문제가 없을 것이다.

은퇴를 하고 나서 우리는 다시 각자 세 개의 다른 길로 걸어갈지도 모른다. 현재 시점에서 봤을 때 다시 혼자 사는 라이프스타일을 상상해보기는 힘들지만 말이다.

미래가 어떻든, 혹은 이 협동주택이 얼마나 오랫동안 지속되는가와 상관 없이, 우리는 각자가 혼자서 살았던 때에 비해 훨씬 더 적은 비용으로 훨씬 더 잘 살았다고 자부한다. 또 그렇기 때문에 미래를 위해 더 많은 저축을 할 수 있었다고 확신한다. 게다가 우리는 이 주택 투자에 대해 좋은 보상이 있기를 기대한다. 설비보수를 포함하여 주택과 대지를 책임 있게 유지했기 때문이다.

기본적 가치를 공유하기

공동주거는 참여자들이 '기본적 삶의 가치들'을 공유할 때 가장 쉽게 잘 굴러갈 수 있다. 이러한 유형의 공존 가능성은 정치적, 문화적, 종교적 가치를 공유하는 제휴보다 더 깊고 더 넓다. 기본적 삶의 가치들을 공유한다는 것은 '공유주택 안의 세계와 밖의 세계 모두와 관련하여, 좋은 사람이 된다는 것이 어떠한 의미인지에 대한 생각을 공유하는 것'을 말한다.

기본적 가치는 우리가 이웃과 그들의 아이들, 그 위의 공동체에 반
응하거나 접근하는 방식, 공유 자원을 할당하는 방식, 공유주택 유
지에 고용하는 사람들과 협상하는 방식, 축하하는 방식, 어려움을
겪고 있는 사람들을 돕는 방식 등을 결정한다.

새도론에 이사 들어온 지 한 달쯤 지났을 때 몇몇 이웃의 지하
실이 침수되는 일이 있었고, 그때 우리는 우리가 기본적 삶의 가
치들을 공유하고 있다는 사실을 깨달았다. 우리는 주저하지 않고
집 열쇠를 제공해 이웃들이 필요할 때 언제든지 우리 세탁실을
이용할 수 있도록 했다. 이건 작은 일이었지만 큰 일이기도 했다.
우리 셋의 작은 공동체가 더 큰 공동체를 어떻게 지원하고 어떻
게 상호작용하는지 보여주는 사례였기 때문이다.

환경적 가치 또한 우리가 내리는 많은 선택에 영향을 미친다.
특히 주택 청소 제품, 잔디 관리, 손님 초대, 자동차에 관련해서
그러하다. 윤리적 가치와 영적 가치는 어떤 사람들과 비즈니스 거
래를 할지, 어떤 식으로 그들과 거래를 할지, 그들이 우리를 어떻
게 대해주길 기대하는지를 결정하는 것은 물론이고 작게는 우리
가 매달 구입하는 식품 기프트 카드(일정 비율이 자선단체에 기
부된다)에도 영향을 미친다.

각자의 라이프스타일 우선순위가 크게 달랐다면 우리는 화합

력이 강한 협동주택을 만들지 못했을 것이다. 예를 들어 우리는 마당과 정원을 포함하여 집을 아름답게 장식하는 데 많은 시간과 에너지와 돈을 투자한다. 모든 협동주택이 이러한 일을 중요하게 여기거나 많은 자원을 할당하지는 않을 것이다. 하지만 객관적으로는 그리 중요하지 않은 일일지라도 우리에게는 매우 중요하다. 만약 우리가 같은 가치를 공유하지 않았다면, 이렇게 잘 실행되지는 않았을 것이고 아마도 크고 작은 마찰이 생겼을 것이다.

우리가 이 책에서 소개하는 많은 사례들은 우리에게 적용되는 것이지 모든 사람에게 적용되는 것은 아니다. 만족스럽고 건강한 공유주택은 다양한 형태를 띨 수 있다. 스파르타식 스타일, 단순한 스타일, 느긋한 스타일, 실용주의 스타일에서부터 고도로 체계화된 스타일, 우아한 스타일, 호화로운 스타일에 이르기까지 다양하다. 우리는 그 사이 어디쯤에 있다.

다음은 협동주택이 잘 돌아가게 도와주는 10가지 긍정적 행동 원리이다.

10가지 기본적 행동들

- 자기를 관찰하고 자기를 의식하라.
- 공정할 뿐만 아니라 유연하라.
- 다른 사람에 대한 공감능력을 키우라. 다른 사람에게 친절하라.
- 책임감 있는 독립성을 유지하라.
- 명확하고, 진실하고, 정중하게 의사소통하라.

- 자신이 하겠다고 말한 것을 모두 하라.
- '경계'를 잊지 말라. 매일 경계를 잘 지키라.
- 자신을 잘 돌보고 건강을 유지하라.
- 우호적인 낙관주의를 유지하라.
- 모험을 즐기라.

공동체의 범주 넓히기

우리가 주택을 구입했다는 소식을 친구들에게 전했을 때 주디는 풀이 죽은 것처럼 보였다.

"이제 너희는 항상 같이 있겠구나. 지금처럼 자주 보기 힘들겠지."

주디가 느끼는 두려움은 결혼한 친구들이 배우자에게 너무 신경 쓰는 나머지 친구들을 위한 시간은 거의 내주지 않은 경험에서 기인한 것 같았다. 하지만 우리의 경우에, 협동주택은 정반대의 효과를 낳았다. 우리는 친구들을 소외시키면 안 된다는 생각이 커졌고 심지어 의무감마저 느꼈다.

우리가 '사람이 더 북적댈수록 더 즐겁다'는 태도를 취한 것은 아마 우리가 친구들로 이루어진 작은 그룹이고 결혼 관계가 아니었기 때문일 것이다. 우리는 대부분의 지인들보다 더 자주 손님을 초대하고 더 많이 그룹 활동을 주최한다. 우리의 공동체 중심 사고방식은 더 확장되었다. 샌도론에 들어오기 전엔 가족들끼리만 보냈던 명절이나 다른 특별한 이벤트 때 더 자주 사람들(커플들 혹은 싱글들)을 초대하게 됐다.

흥미롭게도, 오랫동안 위험하게 움푹 패어 있던 도로를 정비해 달라는 청원을 하기 위해 이웃들을 조직한 사람도 다름 아닌 섀도론의 세 여성들이었다. 이 사건을 계기로 좋은 이웃들을 많이 만났고 도로 정비 프로젝트를 성공적으로 진두지휘했다. 한번은 차 한 대가 우리 집 앞을 지나가면서 속도를 낮추더니 같은 구역에 사는 남자가 소리쳤다.

"우리 집 앞 도로에도 움푹 파인 곳이 생겼는데 제발 어떻게 좀 해주면 안 될까요?"

새로운 전통 만들고 공유하기

다른 여느 공동체처럼 섀도론도 자기만의 고유한 전통을 만들었다. 함께 살기 시작한 해에 우리는 서로 생일 선물을 주고받지 않기로 합의했다. 그 대신, '섀도론'의 이름으로 생일 당사자에게 꽃다발 선물을 주기로 했다. 그렇게 하면 그 사람은 자연스럽게 꽃다발을 모두가 즐길 수 있는 공동공간에 놓을 것이다. '당신에게서 나는 받고, 나는 당신에게 줍니다. 우리는 함께 공유하고, 그럼으로써 함께 살아갑니다…….'

섀도론에서의 첫 번째 크리스마스 때 우리는 세 사람과 한 마리의 고양이를 위해 각자 이름이 새겨진 양말을 구입해 난로 벽에 걸어놓았다. 가족들과 크리스마스를 기념하는 것과 별개로 우리끼리도 기념하고 싶었기 때문에 적당한 액수의 돈을 사용하여 양말을 채우기로 결정했다. 물론, 우리는 각자 비어즐리의 양말을 채웠다. 크리스마스 연휴 중 하루 저녁을 선택해 근사하게 저녁을 먹은 다음 캐런 가족의 조리법대로 만든 에그노그(맥주, 포도주 등에 날걀과 우유를 섞은 술 - 옮긴이)를 홀짝이며 양말을 열어보았다.

이후 이 전통은 우리가 학수고대하는 전통이 되었다. 우리는 1년 내내 양말에 뭘 넣으면 완벽할지 촉각을 곤두세웠다. 불쑥불쑥, 6월이나 9월 등 아무 때나, 우리 중 한 명이 발표하곤 했다.

"오늘 양말에 넣을 멋진 걸 발견했어."

명절 저녁식사는 전통적 조리법을 필요로 한다. 우리는 훌륭한 전통 음식 레퍼토리가 풍부해졌다. 특히 진의 가족이 매년 추수감사절 때 만드는 으깬 루타베가(양배추의 일종으로 순무와 비슷하게 생겨 노란 순무라고도 한다. 옅은 노란색의 얇은 껍질을 가지고 있으며, 약간 달고, 단단한 육질을 가지고 있다 - 옮긴이)는 가장 공이 컸다. (그들이 아니었다면 루타베가가 어떻게 생겼는지 누가 알았겠는가?) 어느 흥겨운 추수감사절 저녁, 15명의 저녁식사 손님들은 김이 모락모락 나는 큰 그릇이 등장하자 반색을 표하는 것에서 메스꺼워하는 것까지 각양각색의 반응을 보였다. 심지어 존은 맛보는 것조차 거부했다.

하지만 접시를 치울 때쯤 되자 존은 음식 맛에 대한 칭찬에 호기심이 발동해 한 숟가락 먹어보기로 했다. 곧 루타베가 맛에 홀딱 반한 존은 디저트를 먹기 전에 수북이 담긴 한 접시를 깨끗이 먹어치웠다. 불쌍한 존은 이 사건을 만회하지 못했다. 존의 루타베가

작은 규칙이 점점 자리를 잡고, 새로운 전통이 생겨나는 것. 함께 산다는 건
그런 과정을 통해 한층 완성되어간다. 우리의 새로운 전통이 된 추수감사절
가족 모임과 크리스마스 양말들.

사건은 명절 때마다 회자되는 케케묵은 레퍼토리가 되었다.

여러분이 시도해보고 싶어 할지도 몰라서 여기에 조리법을 준비했다.

루타베가 캐서롤*

재료 : 껍질을 벗겨 5센티미터 크기로 썬 루타베가 2개
　　　껍질을 벗겨 2.5센티미터 크기로 썬 배 2개
　　　오렌지 마멀레이드 2티스푼
　　　말린 생강 2티스푼
　　　소금 2분의 1티스푼
　　　갓 간 후추 2분의 1티스푼(취향에 따라)

① 커다란 냄비에 물 8컵을 부은 다음 센 불에 끓인다. 물이 끓으면 썰어
　 놓은 루타베가와 소금 1티스푼을 넣는다. 루타베가가 부드러워질 때
　 까지 20분가량 끓인다.
② 루타베가가 부드러워지면 썰어놓은 배를 넣은 다음 흐물흐물해질 때
　 까지 더 끓인다. 덜 삶는 것보다는 오래 삶는 것이 더 낫다. 루타베가
　 와 배에서 물을 빼낸 다음 다시 냄비 안에 넣어 스토브 위에 올리고
　 건조될 때까지 가열한다.
③ 루타베가와 배를 푸드 프로세서 안에 넣는다.
④ 마멀레이드, 생강, 소금, 갓 간 후추를 추가한다. 부드러워질 때까지
　 퓌레(과일이나 삶은 채소를 으깨어 물을 조금만 넣고 걸쭉하게 만든

*오븐에 넣어서 천천히 익혀 만드는, 한국 음식의 찜 비슷한 요리 ─ 옮긴이

음식 - 옮긴이)로 만든다. 퓌레가 퍽퍽해 보이면 오렌지 주스를 1티스
푼 정도 추가한다.

⑤ 캐서롤 접시에 담은 다음 350도의 오븐에서 30분 동안 굽는다.(하루
전에 퓌레를 만들어서 냉장 보관한 다음 350도의 오븐에서 1시간 동
안 구워도 된다.) 8~12인분의 곁들임 요리가 만들어진다.

캐런은 컴퓨터로 특별한 저녁식사를 위한 메뉴판 만드는 걸 좋
아한다. 식당의 '조잡한' 벽지를 사진으로 찍어 반투명하게 배경
으로 까는 등 온갖 것을 다 이용한다(맞다. 메뉴판 여기저기에 화
려한 나비들이 날아다니는 게 보일 것이다). 그러한 특별한 솜씨
발휘에 감명을 받아 몇 년 동안 메뉴판을 모은 손님들도 있다.

다음은 진의 루타베가 요리가 처음 소개된 추수감사절 연회용
메뉴판이다. 식당 벽지를 배경으로 만든 2004년도 추사감사절
메뉴판. 우리는 그 당시에 이 메뉴판이 엄청 우아하다고 생각했
다. 글씨체부터 전부 다!

Shadowlawn
Thanksgiving 2004

Belgian Endive with Curried Pumpkin Mousse
Spicy Shrimp Dip with Crackers

Herbed Goat Cheese with Roasted Beeet
and Watercress Salad
Egg Twist Rolls

Roasted Turkey with Rose's Calabrese Stuffing
Cranberry Relish and Cider Gravey
Crown of Broccoli with Lemon Beurre Blanc
Creamed Onions
Jean's Mashed Rutabaga
Riced Potatoes du Joi

Apple Pie Senneway
Amish Pumpkin Pie Armstrong
Pumpkin Ice Cream Pie Larson
Coffee, Tea

Silton d'Affinois, Cheddar
Port

어느 정도의 공간과 어느 정도의 '혼자 있는 시간'이 필요한지는 물론
정치, 종교, 취향, 대립되는 라이프스타일의 점검은 매우 중요하다.

진지하고 엄중한 경고

협동주택은 가정이다. 건강한 가정이 그렇듯, 신체적 피해와 정서적 피해로부터 안전하고 싶은 절대적 기대 같은 것이 협동주택에도 존재한다. 이번 장에서는 공동주거를 고려하고 있는 사람들에게 '엄중한' 메시지를 전하고자 한다.

우리의 경우 종교적 신념, 인종, 정치적 성향, 세대, 기본 라이프스타일, 심지어 음악적 취향을 포함하여 많은 본질적 면에서 공통점이 많았다. 서로의 차이가 더 컸다면 스트레스 상황이 더 생겼을지도 모른다.

공동주거를 시작하기 전에 앞으로 생길 수도 있는 어려운 상황들을 고려해보기를 권한다. 공동주거에서는 서로 다른 견해, 배경, 라이프스타일이 예기치 못한 긴장을 야기할 수 있기 때문이다.

차이는 중요하다

종교적 차이에 대해서는 반드시 사전에 논의해보아야 한다. 예비 파트너들 중 한 명이 자신과 다른 사람들의 신념에 대해 특별히 열정을 보인다면 특히 그래야 한다. 예를 들어보자.

- 기독교인, 유대교인, 콴자(Kwanza, 설날까지의 7일간 행하는 아메리카 흑인의 축제 – 옮긴이)를 기념하는 아프리카계 미국인: 한 해의 끝에 있는 전통 명절을 어떻게 보낼 것인가?
- 이슬람교도와 불교도: 여러 종교가 혼합되어 있는 가정 안에서 매일 차분하게 기도하거나 명상할 방법을 어떻게 찾을 것인가?
- 종교 전도사: 다른 사람들을 개종시키려 시도할 것인가?
- 무교인 사람: 다른 사람들의 종교적 관행, 신념, 대화에 어떻게 반응할 것인가?

이와 유사하게, 정치적 견해의 차이는 급속도로 인간관계를 양극화시키고 불화를 낳아 공동주거의 다른 측면에까지 영향을 줄수 있다. 하우스메이트들 중 한 명이 여러분의 동의를 구하지 않고서 앞마당에 정치적 구호가 담긴 푯말을 꽂아놓으면 어떨 것 같은가? 대립되는 정치적 의견이 담긴 푯말들이 전쟁터를 가득 메우고 있다고 상상해보라.

사회생활 vs. 개인생활

우리는 각자의 친구들 이외에도 서로 알고 지내는 공통의 친구들 그룹이 있어서, 파티나 모임을 주최하기가 더 편했다. 서로 어울리게 만들기가 더 쉬웠기 때문이다. 다른 한편으로는, 우리 셋 다 다양한 활동과 단체에 참여하고 있기 때문에 각자의 친구들과 지인들을 모두 합쳐보니 그 수가 상당히 많았다. 그 결과 우리에게는 항상 방문객들과 사회적 의무가 끊이질 않았다.

친구들 그룹들에 관련하여 첫 번째 교훈은 이사 후 집들이를 하기 위해 초대목록을 작성할 때 얻었다. 우리는 셋의 손님을 다 합치면 50명가량이 될 거라고 예상했다. 그러니 목록을 만들기도 전에 구두로 초대한 사람만 100명이 넘는다는 사실을 알았을 때 우리가 받은 충격을 상상해보라.

여러분과 여러분의 예비 하우스메이트들이 사람들과 어울리고 싶은 욕구와 손님이 집에 있을 때 느끼는 편안함 정도가 비슷한지 고려해보라.

대립되는 라이프스타일

우리 세 사람은 서로 스케줄이 완전히 다르고 모두 아직까지 풀타임으로 일하고 있기 때문에, 집에 있는 시간이 다르고 그 덕분에 프라이버시와 독립성에 대한 욕구가 충족된다. 만약 여러분과 여러분의 예비 하우스메이트들이 스케줄이 비슷하다면, 너무 많은 시간을 함께 보낼 때 생기는 문제가 없는지 고려해보아야 할 것이다. 여러분에게 어느 정도의 공간과 어느 정도의 '혼자 있는 시간'이 필요한지 고민해보기 바란다.

애완동물, 알레르기 유발 항원, 냄새, 색깔, 패턴, 인테리어 취향, 청결, 정돈, 소음 수준, 음악 취향, 실내 온도, 위생 관념, 중독성 물질 이용, 총기 소유 등은 여러분의 안락에 영향을 미치는 요소들이다.

여러분과 여러분의 예비 하우스메이트들에게는 어떠한 요소들이 중요한가? 이 외에 영향을 미치는 다른 것들에는 무엇이 있을까? 여러분은 다른 사람들과 잘 지낼 수 있는 사람인가?

협상을 깨는 사람들과는 함께하지 말라

다음은 협상을 깨는 사람들의 목록이다. 이런 사람들과 협동주택을 구상하고 있다면 당장 그만두라고 권하고 싶다. 이 중 어떠한 상황이 여러분에게 적용되거나 예비 하우스메이트에게 적용된다면, 반대 방향으로 뛰어가기 바란다.

- 중독성 물질 남용/중독(술, 담배, 불법 약물, 음식, 도박, 충동적 쇼핑, 섹스 중독)
- 통제되지 않은 의학적 상태
- 재정적 불안정/무책임
- 감당하기 힘든 중요한 다른 사람의 존재(전 배우자, 아이, 기타)
- 폭력적 행동의 전례

- 심각한 법적 문제
- 당신이 보기에, 당신의 도움이 필요한 사람
- 당신이 보기에 현재 상황에서 당신을 구해줄 수 있는 사람

이 목록이 다소 냉혹하게 느껴질지도 모르겠다. 하지만 우리가 구상한 협동주택은 심리적 문제에 대해 상담을 주고받거나, 중독성 물질 남용에서 회복하거나, 재정적 혹은 개인적 안정을 다시 찾기 위한 곳이 아니다.

오직 적합한 환경 아래에 놓일 때에만, 협동주택은 성숙하고, 안정적이고, 독립적인 성인들에게 공동체, 자원, 공간, 책무, 유대감, 심지어 오만하게 나이든 고양이를 공유할 수 있는 멋진 기회를 선사한다.

하우스메이트가 요리를 자주 한다.
그런데 매번 그릇은 설거지통에 그대로 쌓아둔다.
당신이라면 어떻게 하겠는가?

깜짝 퀴즈, 당신은 적합한 사람인가?

여기까지 읽었다면 아마 여러분은 자기에게 맞는 공동주거 방식에 대해 생각해보고 있을 것이다. 친구들 혹은 지인들과 함께 공동체를 꾸리고 싶을지도 모른다. 만약 그렇다면 우리는 그 생각을 밀고 나가라고 적극적으로 권하고 싶다.

가장 먼저 해야 할 일은 이 책에서 설명한 협동주택이 여러분에게 정말로 적합한지 적합하지 않은지 결정하는 것이다. 여러분이 어려워할 것 같아서 깜짝 퀴즈를 준비했다. 퀴즈를 다 풀고 나면 공동주거 방식이 자신에게 맞을지 맞지 않을지 상당히 잘 알게 될 것이다. 아님 어쩔 수 없고.

각 질문에서 제시하는 상황은 가상 상황이다. 대부분의 상황은 우리가 섀도론에서 겪는 문제들과 아무 상관 없다(예를 들어 우리 중 누구에게도 '알코올중독자인 딸'이나 매주 주말에 자고 가는 애인은 없다).

또한 이 질문들은 과학적 연구를 기반으로 하고 있지 않다. 사람들을 분석하기 위해 사용하거나 시험문제로 사용해서는 안 된다. 이 실문들은 난시 협동주택이 여러분과 예비 하우스메이트들에게 적합한지 아닌지에 대해 진지하게 생각해보기 위해 만들어졌다. '정답'이나 '오답'은 없다. 여러분의 스타일과 맞아떨어지는 답이 한 개 이상일 수도 있다.

이 질문들에 대해 생각해보고 예비 하우스메이트들끼리 각자의 답(특히 차이가 나는 답)을 논의해봄으로써 협동주택을 만들 것인지, 만든다면 언제, 어떻게 만들 것인지 더 잘 결정할 수 있게 되기를 바랄 뿐이다.

질문을 만든 방식

우리는 공동주거 모험을 해나가면서 우리를 행복하고 생산적으로 만들었던 가치와 성격 특징, 행동 특징이 무엇이었는지 생각해보았다. 유연성, 쾌활함, 적절한 사회적 상호작용, 기브 앤드 테이크, 단호함, 수용력, 공정함, 긍정적 관점, 정직함, 솔직함, 정서적 안정, 유머감각, 친절함, 존중, 합리성, 균형감각, 기꺼이 도우려 함, 관대함, 융통성, 의사소통 능력 등이었다.

그런 다음 여러분이 이 기본적 자질들을 가지고 있는지 자기평가를 할 수 있도록 질문들을 만들었다.

다음은 여러분이 협동주택에서 맞닥뜨릴 수 있는 상황들이다. 각 질문마다 여러분이 생각하는 제일 좋은 대응방법이 무엇인지 고르라. 질문에 딸린 방법들이 각각 하우스메이트와의 상황을 해결하는 데 얼마나 효과적일 것이라고 생각하는가?

1. 당신은 1주일에 서너 번 고기 먹는 것을 좋아하기 때문에 당신의 돈으로 쇠고기 스테이크와 돼지갈비 여러 팩을 사서 당신 이름을 적어 냉장고에 넣어두었다. 하지만 고기가 계속해서 사라진다.

   ⓐ 누가 고기를 훔쳐가는 건지 신경이 쓰이지만 문제가 없어지리라는 희망을 품고 다시 사다 둔다.

   ⓑ 하우스메이트들을 소집해 회의를 열고 문제를 논의하고 해결방법을 모색한다.

   ⓒ 누가 고기를 훔쳐가는지 안다고 확신하고 그 사람에게 훔쳐가지 말라고 직접 이야기한다.

2. 당신은 두 명의 하우스메이트와 1년 동안 별 문제 없이 잘 살았다. 그런데 그들 중 한 명이 이성과 사귀기 시작했다. 얼마 안 있어 하우스메이트의 애인이 매주 주말이면 협동주택에서 잠을 자고 일요일 아침 식사 시간까지 가지 않고 미적거리고 있다.

ⓐ 반갑지 않은 손님과 마주치지 않기 위해 일요일마다 정오까지 방에 머무른다.

ⓑ 반갑지 않은 손님에 대한 문제를 논의하자고 요청한 다음 서로 동의할 수 있는 해결책을 찾는다.

ⓒ 그 하우스메이트에게 이 상황이 얼마나 불편한지 가르쳐주기 위해 손님을 초대해 여러 밤을 묵게 하고 주말 아침까지 머무르게 한다.

3. 화장실이 오래됐고 고약한 냄새까지 난다. 하우스메이트들 모두 그렇다고 동의했다. 하지만 화장실 수리는 비용이 많이 들고 공동 계좌에는 수리에 쓸 돈이 충분하지 않다.

ⓐ 달갑지 않지만 재정 상황 때문에 어쩔 수 없다고 받아들인다. 하지만 화장실을 이용할 때마다 계속 불평한다.

ⓑ 문제를 논의한 후에 모두 사비를 조금씩 내 수리비용을 대기로 합의한다.

ⓒ 혼자서 수리비용을 대기로 결정한 다음, 다른 하우스메이트들이 화장실을 사용할 때마다 고맙게 사용하길 기대한다.

ⓓ 냄새 나는 화장실을 기꺼이 받아들인다.

4. 한 하우스메이트에게 네 살짜리 손자가 있는데 협동주택을 정기적으로 방문한다. 당신은 그 아이가 당신의 개인공간에 들어갈까 염려된다.

ⓐ 아이가 방문할 때마다 침실 방문을 잠근다.

ⓑ 그 하우스메이트에게 개인공간은 출입금지 구역이라고 아이에게 말해주었으면 좋겠다고 말한다.

ⓒ 직접 아이에게 침실 근처에 얼씬도 하면 안 된다고 단단히 주의를 준다.

5. 예비 하우스메이트 중 한 명에게 알코올중독자에 무직인 딸이 있다. 당신은 그녀가 정기적으로 부모에게 돈, 주거, 법률적 도움을 요청하고 받는다는 사실을 알고 있다.

ⓐ 그 예비 하우스메이트가 딸의 알코올중독 문제가 협동주택 협약에 방해되지 않게 단단히 주의할 것이 분명하므로 아무 말도 하지 않는다.

ⓑ 그 예비 하우스메이트와 협동주택 협약을 하지 않는다.

ⓒ 그 예비 하우스메이트에게 딸의 협동주택 방문을 금지할 때에만 같이 협약을 맺겠다고 말한다.

6. 가을이 돼서 매주 낙엽을 치워야 한다. 하지만 당신은 정원이 깔끔하든 그렇지 않든 전혀 개의치 않는 스타일이다.

ⓐ 도와주겠다고 약속하지만 별 관심을 가지지 않는다.

ⓑ 하우스메이트들과 협의해 모두가 동의할 수 있는 최소한의 기준을 정한 다음, 일을 줄여서 한 사람이 2주일에 한 번씩만 낙엽을 치운다.

ⓒ 다른 사람을 고용해 당신 몫을 하게 한다.

ⓓ 바쁘다며 참여하는 것을 거부한다.

7. 하우스메이트가 할당된 생활비를 제때 내지 않고 있다.

ⓐ 측은하게 여기고 돈을 빌려준다.

ⓑ 공과금 미납이 왜 문제가 되는지 반복해서 설명한 다음, 그 사람 몫을 대신 내줄 수는 없다고 말한다.

ⓒ 그 사람이 돈을 낼 때까지 공과금이 계속 미납되도록 내버려둔다.

ⓓ 협약의 기본 사항을 어겼으므로 나가달라고 한다.

8. 다른 하우스메이트들이 항상 식료품 쇼핑을 한다. 하지만 그들은 당신이 원하는 제품들을 사오지 않는다.

ⓐ 원하는 제품들을 사오지 않는다고 불평한다.

ⓑ 원하는 제품들을 식료품 목록에 구체적으로 적는다.

ⓒ 나가서 당신이 원하는 제품들을 따로 사온다.

9. 하우스메이트의 가족이 매우 먼 지역에 살고 있다. 당신이 당신의 가족들과 집에서 즐겁게 지내고 있는데 그들이 4일간의 연휴를 이용해 방문했다.

ⓐ 그들이 숙박업소에 묵어야 한다고 주장한다.

ⓑ 그들과 몇몇 활동은 함께 하지만, 당신 가족의 전통을 고수

하며 근처에 사는 친척의 집에서 명절을 보낸다.

ⓒ 침실 문을 잠근 다음 다른 곳으로 떠난다.

ⓓ 다른 곳으로 떠난다. 단 먼저 침실 청소를 한 다음 하우스메이트의 가족들에게 당신의 침실을 사용하라고 권유한다.

10. 협동주택에 사는 사람들과 다 아는 사이인 어떤 친구가 오직 한 명에게만 외식을 하고 영화를 보자고 초대한다.

ⓐ 끼어도 되느냐고 물어본다.

ⓑ 상처를 받고 그 두 사람이 당신을 좋아하지 않는다고 생각한다.

ⓒ 당신과 아무 상관 없기 때문에 당신 할 일을 한다.

ⓓ 그 두 사람이 함께 시간을 보낼 수 있는 좋은 기회라고 생각한다.

11. 하우스메이트가 항상 설거지통에 그릇을 쌓아둔다.

ⓐ 그릇을 물로 헹군 다음 식기세척기에 집어넣고서 아무 말도 하지 않는다. 강요하거나 감정을 상하게 만들고 싶지 않기 때문이다.

ⓑ 그릇을 그대로 내버려둔다. 하지만 맘에 들지 않는다.

ⓒ 당신이 사용한 그릇도 설거지통에 내버려두기 시작한다.

ⓓ 정리정돈에 관한 합리적 기준에 대해 하우스메이트들과 논의한다.

12. 사람이 없는데 집에 전기가 켜져 있는 것을 자주 발견한다.

   ⓐ 짜증이 나지만 뭐라고 하면 하우스메이트들이 당신을 강박적이라고 생각할까 봐 아무 말도 꺼내지 않는다.

   ⓑ 하우스메이트들에게 자연보호와 재정문제에 대한 염려를 이야기하고 변화를 요청한다.

   ⓒ 때때로 사람들이 깜박할 수 있다는 것을 알기 때문에 그냥 전기를 끄고 크게 신경 쓰지 않는다.

13. 공동계좌에 항상 잔액이 부족하다.

   ⓐ 어떤 하우스메이트가 공동계좌를 엉망으로 만들었는지 알아내서 그 사람에게 직접 얘기한다.

   ⓑ 정확성을 높이기 위해 온라인뱅킹서비스에 대해 알아본다.

   ⓒ 자신이 공동계좌를 정확하게 이용하고 있는지부터 먼저 확인해본다.

14. 하우스메이트가 자꾸 공동공간에 개인 물건을 놔둔다.

   ⓐ 그 사람에게 자신의 물건을 개인공간에 둬달라고 부탁한다.

   ⓑ '2층으로 가져가야 하는 물건들' 바구니에 그 사람 물건을 넣는다.

   ⓒ 그 물건들을 쓰레기통에 버린다.

15. 하우스메이트가 누군가와 전화로 말다툼하는 소리가 들린다.

ⓐ 대화는 사생활이기 때문에 모른 척한다.

ⓑ 통화하는 소리가 너무 커 대화를 듣지 않을 수 없었다고 말한 후, 그 대화에 대해 뭔가 이야기하고 싶은 말이 있는지 물어본다.

ⓒ 무엇에 대해 다퉜냐고 물어본다.

ⓓ 그런 톤으로 말다툼하는 것은 아무 도움도 되지 않는다고 말해주고 사람들과 더 잘 지낼 수 있는 방법들을 알려준다.

16. 하우스메이트가 책 읽는 것을 좋아한다. 하지만 당신은 대화하는 것을 더 좋아한다.

ⓐ 그 사람의 침묵에 분개한다.

ⓑ 그 사람이 책을 읽는 동시에 당신과 대화를 나누게 만들려고 애쓴다.

ⓒ 조용한 취미를 계발해 같은 공간에서 사이좋게 취미생활을 한다.

ⓓ 다른 곳에 가서 따로 뭔가를 한다.

17. 당신은 출장을 자주 가기 때문에 하우스메이트들이 집안일을 죄다 해야 한다.

ⓐ 가사도우미를 고용하도록 별도의 돈을 내겠다고 하우스메이트들과 합의한다.

ⓑ 집안일을 하지 않게 돼 기쁘다.

ⓒ 돌아와서 다른 사람들이 해놓은 일들이 마음에 들지 않으면 불평한다.

ⓓ 하우스메이트들이 당신의 의사를 묻지 않고서 협동주택 내에서 중대한 변화를 일으켰음에도 불구하고 아무 말도 하지 않는다.

18. 직장에서 1주일을 매우 힘들게 보낸 후 당신은 거실에서 축구 경기를 틀어놓고 퍼즐을 맞추면서 휴식을 취하고 있다. 그때 하우스메이트가 청소를 시작하며 냉장고를 정리하는 소리가 들린다.

ⓐ 하우스메이트에게 도움이 필요한지 묻는다.

ⓑ 즉시 텔레비전을 끄고 가서 도와준다.

ⓒ 계속 퍼즐을 맞추며 축구 경기를 본다.

ⓓ 하우스메이트에게 쉬어야 하기 때문에 이번에는 도와주지 못하겠다고 말한다. 자기 몫을 남겨놓으면 나중에 하거나 아니면 나중에 다른 일을 하겠다고 한다.

19. 당신은 침대에서 책을 읽고 있다. 하우스메이트가 초대하지도 않았는데 방에 들어와서 바닥에 털썩 주저앉아 수다를 떨기 시작한다.

ⓐ 짜증이 나는 것을 꾹 참고 책을 내려놓고서 대화를 나눈다.

ⓑ 나중에 문에 '들어오지 마시오' 표지를 걸어놓은 채 문을

닫아놓는다.

ⓒ 하우스메이트에게 방에 들어오기 전에는 노크를 하거나 들어가도 되냐고 물어보라고 상기시킨다.

ⓓ 책 읽을 개인 시간을 원한다고 정중하게 말하고 다음 기회에 이야기하고 싶다고 말한다.

20. 하우스메이트는 담배를 피우지만 당신은 피우지 않는다. 실외에서 담배를 피우는 걸로 동의했지만 하우스메이트가 거실과 주방에서 자주 담배를 피운다. 모든 물건에 담배 냄새가 뱄다.

ⓐ 꾹 참으며 담배 냄새를 맡으며 산다.

ⓑ 담배와 재떨이를 발견할 때마다 쓰레기통에 처박아버린다.

ⓒ "당신은 협동주택 규칙을 어기고 있어요. 담배를 피우려면 밖에 나가서 피워야 해요"라고 말한다.

ⓓ 냄새가 없는 방에만 머무른다.

21. 하우스메이트가 항상 음악을 틀어놓는다. 당신은 조용한 것을 좋아한다.

ⓐ 거슬리지만 그의 취미이니 그냥 내버려둔다.

ⓑ 적극적으로 음악을 감상할 때가 아니면 음악을 꺼달라고 부탁한다.

ⓒ 개인공간에서는 음악을 틀어놓아도 상관없지만 공동공간

에서는 그러지 말아달라고 한다.

ⓓ 헤드폰을 연결하거나 mp3 플레이어를 사용해달라고 한다.

22. 당신은 이웃과 잘 지내는 것이 중요하다고 생각한다. 하지만
하우스메이트는 불친절한 데다 때때로 이웃 아이들에게 못되
게 굴기도 해 아이들의 부모가 불쾌해한다.

ⓐ 이웃을 만났을 때 당신이 대신 사과한다.

ⓑ 아이들에게 특별한 선물을 줘서 하우스메이트의 무례함
을 보상하려 애쓴다.

ⓒ 이웃을 점점 더 자주 초대한다.

ⓓ 하우스메이트가 이웃에게 어떤 인상을 남기고 있는지에
대해 하우스메이트와 대화를 나눈다.

23. 집에 입주하기 전에 하우스메이트들과 각자의 재정 정보를
공유하기로 합의했다.

ⓐ 주요 자산과 빚을 알리지만 재정 정보를 모조리 다 털어놓
지는 않는다. 일부 부끄러운 부분이 있기 때문이다.

ⓑ 주요 자산과 빚에 대한 전체 목록을 작성해서 하우스메이
트들과 검토한다.

ⓒ 하우스메이트들에게 서류파일들이 있는 당신의 캐비닛
열쇠를 건네주며 "내 것, 네 것 구분 말죠"라고 말한다.

24. 집을 계약하기로 한 날까지 2주밖에 남지 않았는데, 예비 하우스메이트 중 한 명이 실직을 해서 정해진 몫의 계약금을 낼 수 없다고 알린다.

ⓐ 그 사람에게 괜찮다고 말한 후 임시로 그 사람 몫의 계약금을 대신 내준다.

ⓑ 전체 계획을 취소한다.

ⓒ 부동산중개업자와 은행에 연락해 매매거래를 뒤로 미룬다.

25. 당신 그리고 세 사람이 함께 산 지 4개월이 됐다. 어느 날 당신은 거실에 들어가다가 한 사람이 소형 권총을 닦고 있는 것을 발견한다. 당신은 집에서 무기를 소지하는 것에 반대한다. 하지만 이 주제에 대해 논의해야겠다는 생각 자체를 미처 못했다. (꼭 총이 아니라도 예민한 물건일 경우)

ⓐ 그 사람에게 즉시 총을 없애달라고 요구한다.

ⓑ 소리를 지른 다음 개인공간으로 도망가서 총이 없어졌다는 확신이 들 때까지 거기에 머무른다.

ⓒ 그 사람에게 집에 총을 두는 것은 당신이 수용할 수 없는 부분이라고 말한다. 하지만 왜 총이 필요하다고 생각했는지 납득할 만한 이유를 알려달라고 말한다.

ⓓ 그 사람에게 총을 어디에 보관할 것인지에 대해 협약서를 써달라고 한다. 걱정을 덜 수 있도록 말이다.

26. 당신은 거의 모든 면에서 훌륭한 하우스메이트가 될 것 같은 4명의 사람들을 발견했다. 하지만 종교적 관점과 정치적 관점이 서로 다르다는 사실을 알게 됐다. 총 5명 중 3명은 복음을 전파하는 일에 매우 적극적이다. 다른 2명은 종교가 없고 교회를 부정적으로 생각한다. 또한 5명 중 2명은 정치적 성향이 매우 보수적이고 다른 2명은 중도적이고 나머지 1명은 극도로 진보적이다.

ⓐ 서로 근본적 신념이 너무 차이가 나기 때문에 평화롭게 공존하기 힘들다고 판단하고서 함께 사는 것을 포기한다.

ⓑ 서로의 차이가 오히려 활발하게 토론할 수 있는 좋은 기회가 될 거라고 판단하고 더 깊이 논의하지 않고 함께 거주할 계획을 추진한다.

ⓒ 예비 하우스메이트들에게 종교와 정치에 대한 서로의 가치관 차이가 긍정적 영향을 미칠 것 같은지 부정적 영향을 미칠 것 같은지 이야기해보자고 제안한다. 그 논의를 바탕으로 공동체를 위한 가이드라인을 만든다.

27. 특정한 비누, 양초, 향수 냄새는 당신에게 편두통을 유발한다. 함께 산 지 얼마 되지 않았을 때, 하우스메이트 중 한 명이 양초를 켰는데 머리가 지끈거리기 시작한다.

ⓐ 즉시 양초를 꺼버린다.

ⓑ 하우스메이트에게 이렇게 말한다. "죄송하지만, 제가 특정

한 향들을 맡으면 편두통이 생겨요. 공교롭게도 당신이 켠 양초가 그 중 하나네요. 꺼줄 수 있나요? 제가 우리 둘 다 좋아할 만한 양초로 바꿔놓을게요."

ⓒ 하우스메이트에게 이렇게 말한다. "그 양초 때문에 머리가 지끈거려요. 꺼주시면 안될까요?"

ⓓ 화가 나지만 꾹 참고 편두통 약을 먹는다.

28. 당신은 3명의 친구들과 협동주택을 만드는 것에 대해 생각하고 있다. 당신과 친구들은 집을 계약하기 직전이고 한 달 예산에 대해 논의하고 있다. 하지만 매달 내야 할 돈을 계산해 보니 당신에게 너무 무리이다.

ⓐ 좀 무리를 해서라도 꼭 같이 살고 싶으므로 준비를 계속 추진한다.

ⓑ 예비 하우스메이트들에게 참여하고 싶지만 예산이 당신에게 너무 무리라고 솔직하게 이야기한다.

ⓒ 예비 하우스메이트들에게 계획에 참여할 수 없겠다고 말한다.

이제 여러분의 차례다

자신에게 특별히 중요한 문제들을 반영하여 자기만의 질문들을 만들어보기 바란다. 예를 들어, 남녀혼성 협동주택이나 세대 간 협동주택(자녀가 있는 성인들 혹은 성인들과 그들의 부모로 이루어진 주택)의 공동주거 방식, 위생 문제, 세탁 수칙, 건강 문제 혹은 그 밖의 여러 가지 것들에 대해 물어보고 논의할 수 있을 것이다.

앞에서 말했듯이 이 질문들에 '정답'은 없다. 다만 우리 경험을 통해, 함께 살려는 의사를 잘 나타내는 답 혹은 일이 돌아가게끔 하는 답들이 있다는 걸 배웠다.

여러분은 어땠는가? 여러분이 다음과 같은 일들을 할 수 있다는 사실을 보여주는 답들을 선택했는가?

1. 문제를 무시하거나 상대에게 앙갚음하는 대신 문제에 정면으로 부딪칠 수 있다.
2. 감정을 자제하면서 마음을 열고 솔직한 태도로 상황에 대해 논의할 수 있다.
3. 자기 자신과 다른 사람들을 모두 고려하여 힘든 결정을 내릴 수 있다.
4. 민주적으로 결정된 사안을 분노 없이 받아들이고 실천할 수 있다.

만약 이 질문들에 솔직하게 '그렇다'라고 대답할 수 있다면 여러분은 협동주택에 충분히 살 수 있다.

우리는 이제 서로에게 친구 이상의 존재다.
하지만 개인 공간에서 각자의 일에 열중일 때 우리는 완전한 독립체로 존재한다.
자신의 공간에서 각자의 일에 몰입하고 있는 캐런과 진.

당신이 무엇을 좋아하고, 무엇을 싫어하는지 알 정도로
충분히 당신을 잘 아는 사람과 만나라.
걱정거리와 의미있는 불안에 대해 함께 고민하고 해결하라.

장벽을 넘어 행동에 옮기기

협동주택 워크숍을 진행할 때마다 최소한 한 명 이상의 참가자가 은밀하게 다음과 같은 말을 한다.

"이 아이디어는 진짜 멋져요. 저도 꼭 해보고 싶어요. 여러분은 정말 대담하고 용감해요! 하지만 전 절대 여러분처럼 하지 못할 거예요."

이 말을 처음 들었을 때 우리는 깜짝 놀랐다. 우리는 우리 자신이 특별히 용감하다고 생각하지도 않을뿐더러 커다란 두려움을 이겨낸 기억도 없기 때문이다. 물론 걱정이 되긴 했지만 그렇다고 두렵지도 않았다. 하지만 협동주택을 만드는 일 같은 삶의 극적인 변화가 매우 무서울 수 있다는 사실은 우리도 잘 알고 있다. 자기 나름의 협동주택을 만들기로 계획하기로 했다면, 시작부터 자신의 정서적 반응을 인정하는(파악하는) 것이 중요하다.

중대한 질문으로 다시 돌아가보자.

'협동주택은 여러분에게 적합한가?'

자신의 방식대로 하라, 그렇지 않다면 아예 하지 말라

우리는 여러분에게 우리가 어떤 방식을 이용했는지 이야기했다. 하지만 우리의 방식이 틀림없이 여러분에게 적합하리라는 보장은 없다. 협동주택에 대한 우리의 접근법은 다양하게 변형할 수 있다. 싱글들과 커플들이 함께 주택을 구입할 수도 있을 것이다. 수입과 지출의 균형을 맞추기 위해 고군분투하고 있는 싱글 부모들이 서로 힘을 합쳐 아이를 양육하는 데 있어 훨씬 더 쾌적한 주거 형태와 공동체를 만들 수도 있을 것이다. 특별한 사회적 관심사나 취미를 가지고 있는 집단 안에서 서로 힘을 모을 수도 있다. 어떠한 유형의 방식도 가능하다.

잠재적 하우스메이트들과 논의를 시작하기 전에 자기 스스로에게 몇 가지 질문을 던져봐야 할 필요가 있다. 앞 장에 있는 테스트를 해보고 자신이 거뜬히 '통과했다'고 느낀다고 해도, 선택사항들로 더 깊이 들어갈수록 생각이 달라질지도 모른다. 앞으로의 논의를 위한 틀을 만든다고 생각하면서 다음 세 가지 핵심 질문들에 답을 해보기 바란다.

- 나는 무엇을 원하는가?
- 나는 협동주택에 살고 싶은가?

· 만약 그렇다면, 어떠한 방식이 나에게 적합하고 어떠한 방식
은 나의 필요를 충족하지 않을까?

좋다. 이 질문들에 답해보았다면 어떻게 하는 것이 본인에게 가
장 좋을지 결정했는가?

유용한 점심식사를 하라

삶을 완전히 뒤바꾸는 결정을 내리기 전에 캐런이 썼던 기법을
여러분에게 알려주겠다. 나머지 두 사람도 이 방법이 다가올 큰
변화에 대처하는 꽤 훌륭한 방식이라고 생각한다.

캐런의 접근 방식은 간단했다. 가까운 몇몇 사람들과 점심을 먹
는 것이다. 다만 한 번에 한 사람씩과. 그러면서 그들의 조언을 구
하는 것이다. 캐런은 창의적이고 집중적이고 유용한 대화를 나누
기 위해 다음처럼 미리 준비할 것을 제안한다.

· 조언자를 잘 선택하라.

당신의 주거방식에 대해 명확한 조언을 해줄 수 있을 정도로
충분히 당신에 대해 잘 아는 사람들이어야 한다. 하지만 이 선택
에 개인적 이익이 관련되어서는 안된다. 즉, 여러분의 자매나 자
녀, 혹은 가장 친한 친구를 선택하지 말라. 라이프스타일 선택과
관련하여 당신이 무엇을 좋아하고 무엇을 싫어하는지 알 정도로
당신에 대해 충분히 잘 알고 있는 사람을 만나라. 예컨대 신뢰하

는 동료나 당신이 참여하는 지역 사회단체의 구성원, 혹은 종교 고문일 수 있다.

- 내화의 경계를 설정하라.

미리 대화의 경계를 설정하고 점심식사를 시작할 때 다시 한 번 더 설정하라. 다음과 같은 말들을 응용해 대화를 시작할 수 있을 것이다.

1. 저는 혼자 살고 싶지 않아요. 그래서 3명 혹은 그 이상의 사람들과 함께 살면서 공동체 안에서 삶과 여러 자원들을 공유하는 협동주택을 시작해볼까 생각하고 있어요.
2. 심도 있는 논의를 많이 나누기 위해서 길게 점심을 먹어야 할 것 같아요. 아마 2시간 정도요.
3. 제가 살게요. 저에 대한 이야기를 나눌 거니까요.
4. 제게 조언과 아이디어를 주세요. 연민도 공감도 말고, 뜨거운 열광도 말고요. 단호하고 현실적인 조언이 제가 원하고 또 지금 제게 필요한 거예요.
5. 이 아이디어가 '제게' 어떤 점이 좋고 어떤 점이 나쁘다고 생각하는지 말해주세요.
6. 제가 무엇을 잘하고 무엇을 못하는지 솔직하게 말씀해주세요. 다른 사람들과 협동주택에 함께 산다면 영향을 미칠 것들이지요.

7. 어떠한 사람이 제 하우스메이트로 좋을까요?

8. 제가 어떻게 하면 좋겠다고 생각하는지 말씀해주세요. 조언을 새겨들을게요. 큰 선물을 주셨다고 생각할게요. 제가 중요한 결정을 내리는 데 도움이 될 테니까요. 하지만 제가 그 조언을 따를 수도, 따르지 않을 수도 있다는 사실은 잊지 말아주세요.

9. 이 대화에서 나누는 모든 이야기는 우리 둘 다 비밀로 하기로 해요.

이 단순한 기법을 실제로 이용해본 지인들은 자신의 인생에서 손에 꼽을 정도로 긍정적이고 오랫동안 기억에 남을 만한 대화를 나누었다고 말했다. 의외로 자기 자신에 대해 많이 알게 되었다는 것이다. 이런 대화를 통해 자신이 변화를 시도할 수 있는 능력이 있다는 자신감을 얻고, 더불어 신선하면서도 현실적인 아이디어를 얻을 수 있었다고 했다. 그러고선 그들 각자는 새로운 노력(새 커리어, 은퇴 계획, 심지어 다른 지역으로의 이사)을 시작했다.

대화를 통해 결과가 달라지더라도 괜찮다는 사실을 잊지 말기 바란다. 여러분은 점심을 함께한 사람에게 조언을 들은 후 자신이 협동주택에 적합하지 않다고 결론 내릴지도 모른다. 하지만 그 역시 좋은 결과이다. 자신에게 적합하지 않은 일에 시간과 노력을 쏟지 않을 수 있도록 해주기 때문이다. 그러한 결론에 도달했다면 스스로를 축하하고 인생의 새로운 장으로 넘어가기 바란다.

협동주택 시작과 장벽 뛰어넘기라는 주제에 들어가기 전에 먼저 조언해주고 싶은 말이 있다.

실패를 그려보라

우리는 협동주택을 만드는 일에 성공했고 기대한 것 이상의 많은 것들을 얻었다. 하지만 그렇지 못했을 수도 있다. 실패할 수도 있었다는 얘기다.

나중에야 알게 된 사실이지만 우리 각자는 약간씩 다른 방식으로 실패가 무엇을 의미하는지 사전에 고민해보았다. 그러므로 실패가 본인에게 어떠한 모습으로 다가올지 마음속으로 그려보고 지극히 중요한 질문을 자기 자신에게 던져보라고 권하고 싶다.

"나는 만약 이 협동주택이 실패한다 해도 괜찮을까…… 그럼에도 불구하고 행복할 수 있을까?"

다음은 여러분이 정면으로 실패의 가능성을 짚어볼 수 있는 방법이다. 여러분의 협동주택이 실패할 수 있는 여러 면들을 적어보는 것이다.

누구의 방해도 없는 시간을 만들어 조용한 장소에 자리를 잡으라. 자기 자신에게 솔직해질 준비를 하라. 종이에 아래의 예처럼 도표를 만들어보라. 우리의 워크숍에 참여했던 사람들이 자주 겪정하곤 하는 잠재적인 문제들 중 몇몇 문제들을 적어보았다.

일단 도표를 그린 다음 걱정이 드는 실패 유형들에 어떠한 것들이 있는지, 각 실패가 여러분에게 얼마나 중요할지, 그 실패가 발생할 가능성이 얼마나 높은지 목록을 작성해보라. 마지막으로는 그러한 실패가 발생하는 것을 예방하기 위해 어떻게 할 계획인지 적어보라.

이제 편안히 앉아서 도표를 들여다보라. 자신이 중요도나 발생가능성에 '중간' 혹은 '높음'이라고 적은 곳에 강조 표시를 하라. 이 항목들을 여러분의 협동주택 합의(협정) 과정에서 협상할 수 없는 항목으로 여기라. 매우 중요해서 도저히 양보할 수 없는 항목들인 것이다.

협동주택을 구체적으로 계획해나가면서 방금 만든 도표를 계

실패의 유형	중요도	발생 가능성	예방 계획
재정적 실패	높음	낮음	지난 3년간의 세금 기록 공유, 자금을 조건부 날인 증서(어떤 조건이 성립될 때까지 제3자에게 보관해둠-옮긴이)로 두도록 합의, 모든 수표에 2인 이상의 서명 의무화
가족, 친구들과의 교류 감소	높음	중간	협동주택 파트너십 협약서를 이용해 손님들에게 공간 제공
프라이버시 상실	중간	중간	주거방식의 필요조건 명시하기

속 참고하기 바란다. 여러분에게 심각한 실패(그리고 거래를 깨는 요인)가 될 수 있는 것들을 방지하기 위한 단계임을 절대 잊지 말기 바란다.

예비 하우스메이트 찾기

워크숍 참석자들은 함께살기에 적합한 사람들을 찾을 수 있는 방법에 대해 항상 묻는다. 때때로 그들은 아주 적합한 친구와 함께 우리 워크숍에 오기도 한다. 그들은 서로 잘 알고 있고 기꺼이 모험을 떠날 준비도 되어 있다. 하지만 그들은 함께할 세 번째 혹은 네 번째 사람을 원한다. 때때로 혼자 워크숍에 참가하는 사람들도 있는데 그들은 앞으로 예비 하우스메이트들을 찾아야 한다. 데이트 상대나 결혼할 상대를 찾는 일만큼이나 벅차게 느껴질 수 있는 임무이다.

이 책을 읽고 있는 여러분 또한 어떻게 하면 예비 하우스메이트들을 찾을 수 있는지 그리고 그들이 적합한 사람인지 어떻게 확신할 수 있는지 아마 궁금할 것이다. 쉬운 조사부터 시작해보라고 권하고 싶다. 우선 여러분이 이용할 수 있는 자원들과 아이디어들부터 기록하는 것이다.

· 도서관이나 서점 혹은 온라인서점에 가서 공유주택에 관련한 책 한두 권을 구하라. 단기 룸메이트를 찾는 일이 아니라 장기적 책임에 대해 논의하는 책들을 찾아야 한다.

- 네트워크를 이용하라. 여러분이 아는 모든 사람에게 신뢰할 만하고 함께 살 만한 하우스메이트를 찾는 일에 대해 조언을 구하라.
- 뉴스 미디어, 특히 '베이비부머 세대'를 위한 블로그들을 이용하라.
- 네트워크를 더 많이 이용하라. 여러분이 살고 있는 지역에 여러분과 관심사가 유사한 그룹을 찾고 싶다면 인터넷 카페나 지역모임에 가입하라. 관심이 가는 이벤트에 참여해보고 이벤트에 온 모든 사람들을 예비 하우스메이트로 상상해보라. 여러분 자신이 이벤트를 주관해서 참여자들이 무엇을 해야 할지 결정하는 과정을 도와주는 연사들을 초청할 수도 있다.

한발짝 앞으로 나아가기

이제 여러분은 앞으로 나아가기로 결정했고 자신이 무엇을 원하는지에 대해 기본적으로 알았다. 그 다음 단계는 함께 살 예비 파트너들과 함께 선택사항들을 탐색하는 것이다. 첫걸음을 뗄 수 있는 한 가지 방법은 그러한 사람들과 함께 이 책을 읽고 난 다음 토론해보는 것이다. 함께 몇 가지 질문들에 답해보라.

이와 같은 주거방식의 장점은 무엇일까? 단점은 무엇일까? 진짜로 관심이 있는가? 어떠한 방식으로 건강한 경계를 만들고 그것을 존중할 것인가? 합의를 깰 만한 사람들을 어떻게 알아내고 그 문제를 서로 상처 주지 않고서 어떻게 해결할 것인가?

여러분과 여러분의 동료 탐험가들은 협동주택 혹은 코하우징, 계획공동체와 관련된 더 광범위한 주제들에 대해 더 많이 공부하고 싶을지도 모른다. 그렇다면 이 책의 끝에 있는 참고자료 목록에서 도움을 받기 바란다. 또한 우리가 활동하고 있는 인터넷 사이트를 추천한다. 이 사이트에는 협동주택과 관련된 다양한 주제에 대해 논의하는 토론 그룹들이 있다. www.myhouseourhouse.com과 www.facebook.com/myhouseourhouse에서 우리를 만나볼 수 있을 것이다.

탐색을 계속하면서 어떠한 패턴이 계속되는지 눈여겨봐야 할 필요가 있다. 가벼운 전조일 수 있다. 여러분이 이야기하고 참고자료를 읽고 이야기하고 참고자료를 읽고 이야기하고……를 반복하면서 시간을 보내고 싶은지 아니면 작은 단계에 불과하다고 하더라도 하나씩 행동에 옮기고 싶은지 잘 살펴보라.

좋은 첫걸음은 예비 파트너들과 함께 진짜 함께 사는 것과 유사한 활동들을 같이 해보는 것이다. 서로의 집에서 함께 식사하는 자리를 만들어서 사람들이 자신의 공간에서 어떻게 살고 있는지 살펴보라. 함께 짧은(길면 더 좋다) 여행을 떠나보라. 여러분의 그룹에 스트레스를 야기하는 일들을 의도적으로 만들어보라. 가령 힘든 도보 여행을 완수한다든지(단합을 위해), 저예산 장거리 자동차 여행을 떠나본다든지, 어려운 공익사업 프로젝트에 1주일 동안 함께 자원봉사를 한다든지 하는 일들 말이다.

긍정적이지만 스트레스 또한 많이 따르는 활동에 뭐가 있는지 스스로 생각해보라. 이러한 경험은 참가자들이 몇 시간 이상의 시간 동안 어떤 식으로 어울리는지 그리고 경고신호를 보내는 문제들은 없는지 알 수 있게 해줄 것이다. 여러분과 여러분의 하우스메이트가 요리하기 혹은 정원 가꾸기를 좋아한다는 공통점이 있다는 사실을 발견하게 될지도 모른다. 아니면 예비 하우스메이트가 개털이 잔뜩 굴러다니는 집(여러분이 감수할 수 없는 어떤 것)에 살고 있다는 사실을 알게 될지도 모른다. 혹은 냉담해 보이는 어떤 사람이 실제로는 매우 마음이 따뜻하다는 사실을 발견할 수도 있다.

어느 시점에서, 여러분의 직감은 이 방식이 여러분에게 적합한지 적합하지 않은지 말해줄 것이다. 만약 여러분에게 적합하지 않다면, 사람들을 알게 돼서 정말 즐거웠지만 협동주택을 위한 계획을 계속하고 싶지 않다는 의사를 분명하게 밝힌 다음 그룹에서 정중하게 탈퇴하라. 만약 여러분에게 적합하다고 느껴진다면 정식으로 사람들과 협동주택을 만드는 일에 착수하라.

장벽들: 단순 걱정인가 막연한 두려움인가?

자신이 무엇을 원하는지 알아내고 협동주택을 만들기로 마음먹고 나면, 아마 공동체 안에서 살아가는 것에 대해 수백 가지 질문과 흥분되는 상상이 머릿속에서 소용돌이칠 것이다. 그러한 질문들 중 일부는 공동체를 만드는 일에 장벽이 되기 때문에 먼저 해결해야 할 필요가 있다.

장벽의 첫 번째 유형은 '걱정'이다. 걱정은 문제일 수 있지만 정보를 더 많이 수집하면 해결될 수 있다. 예를 들어 본인에게 비용을 지불할 능력이 있는지가 걱정된다면 유능한 재정상담사에게 자문을 구하는 방법으로 걱정을 해결할 수 있다. 만약 여러 가지 걱정이 든다면 다음 장에서 소개할 참고자료들을 이용하기 바란다.

여러분의 걱정에 대해 협동주택 예비 파트너들과 허심탄회하게 이야기를 나누기 바란다. 우리가 계획 과정 초기에 했던 것처럼 각자 걱정거리 목록을 작성하여 그것에 대해 논의해보는 방법도 큰 도움이 된다.

장벽의 두 번째 유형은 '두려움'이다. 두려움은 여러분의 앞길을 방해할 가능성이 훨씬 더 높으므로 더 자세히 논의해보도록 하겠다. 두려움은 여러분을 진정으로 걱정시키는 무엇을 의미한다. 그것에 대해 생각하면 잠을 이룰 수 없거나 혹은 속상하거나 불안하거나 심지어 토할 것 같기까지 하다. 두려움은 단순한 걱정거리보다 더 해결하기 어렵다. 가장 먼저 해야 할 일은 두려움이 존재한다는 사실을 인식하고 받아들이는 것이다.

두려움을 느끼는 것은 인간의 본성이다

갓난아기 옆에 있어본 사람은 누구나 인간이 생애 초기부터 두려움을 갖고 있다는 사실을 알 것이다. 보통 이러한 두려움은 비이성적일 때가 많지만 그렇지 않을 때도 가끔 있다. 우리가 아는 어떤 아기는 가족들이 모자를 쓰거나 젖은 머리를 수건으로 감싸고 있기만 해도 스트레스를 받고 자지러지게 울었다. 왜일까? 모자 때문에 친숙한 사람들이 무서운 타인들로 지각됐기 때문일까? 알 수 없다. 아기가 너무 어려서 직접 들을 수가 없었기 때문이다.

참조할 만한 부분은 두려움이 생애 초기에 시작하고 인생의 경험들이 우리에게 새로운 두려움들을 가르친다는 사실이다. 같은 경험을 여러 번 반복하면 두려움에 대처하는 법을 배우기도 하고 그러지 못하기도 한다.

두려움은 복잡한 경험이다. 사전적 정의는 두려움이 일종의 위협(실제 위협이든 지각된 위협이든) 때문에 야기되는 고통이라는 점을 강조한다. 두려움에 대한 일반적 반의어는 용기 혹은 용감함이다. 워크숍 참가자들이 우리에게 용감하다고 말했던 이유는 협동주택을 만드는 일이나 거기에서 사는 것에 대해 자기들이 느끼는 두려움을 우리가 느끼지 않았기 때문이 아닐까? 우리는 그렇게 생각한다.

하지만 우리도 걱정은 많았다. 앞에서 누누이 이야기했듯이 말이다. 하지만 이 걱정이 두려움의 수준까지 도달해 앞으로 나아가지는 않았다. 왜일까?

우리의 친구인 캐럴은 우리에게 그럴듯한 이유를 알려주었다. 우리 각자는 이전에 커다란 위험들을 감수한 적이 있고 그 대부분은 성과를 낳았다. 우리 모두는 계속 인생에서 변화를 일으켜왔다. 태어나고 자란 집을 떠나 대학교에 진학하거나 결혼을 했다. 안정적인 직장을 그만두고 직업을 바꾸기도 했다. 확실한 주거지가 정해지지 않은 채로 배우자와 헤어지기도 했다. 여행을 많이 했고 때로는 정치적으로나 사회적으로 불안정한 지역을 여행했다.

우리는 경험을 통해 인생의 변화가 좋은 결과를 가져올 수 있고, 대부분의 경우 그러한 변화를 좋은 변화로 만드는 1차적 결정 요인은 바로 우리 자신이라는 사실을 배웠다. 우리는 '할 수 있다'는 자세로 섀도론을 만들었다. 긍정적인 면이 부정적인 면보다 훨씬 더 많다고 믿었다. 그런 의미에서 만약 여러분이 아직 인생에 있어 중대한 변화를 일으킨 적이 없거나 고통스러운 변화를 경험한 적이 있다면, 두려움을 느끼는 것도 당연하다.

우리가 그러한 두려움들을 경시하고 있다고 생각지 말아주기 바란다. 우리도 걱정이 많았다. 우리가 준비 단계에서 유머를 잃지 않기 위해 주고받았던 B-메일 중 하나를 소개한다.

친애하는 캐런에게

또다시 이사할 음모를 꾸미고 있다니 정말 믿어지지 않는군! 하지만 여느 때처럼 내게는 힘도, 발언권도 없겠지. 내가 그 끔찍했던 시간들을 잊었다고 생각지는 마. 사냥터라곤 손바닥만큼도 없는, 중심가 집에 이사 갔을 때나 나를 강제 추방해서 큰 사람(루이즈)의 한심한 흰색 고양이와 무서운 아이들과 함께 살도록 했던 거 다 기억하고 있어. 다시는 이사를 가지 않겠다고 다짐했지. 뒷마당 테라스 밑에 얼룩다람쥐들을 비축할 수 있다는 생각에 조금 흥분되기도 하지만, 네가 다시 고양이 캐리어 안으로 날 집어넣으려고 한다면 이를 악물고 싸울 거야. 명심해.

그르렁

_B.

서로 다른 사람들은 장벽도 서로 다르다

우리 모두는 서로 같지 않다! 서로 다른 사람들이 협동주택에 대해 서로 다른 걱정과 두려움을 가지는 것은 너무나 당연하다. 진은 기가 센 다른 두 명의 사람들과 함께 살면서 자신만의 스타일을 잃지 않을 수 있을지 걱정이 많았다. 루이즈는 자신이 잘못된 이유 – 맘에 드는 집에 살고 싶다는 – 때문에 이 일을 하는 것이 아닌지 걱정했다. 캐런은 세 명의 무리 중 두 명이 붙어 다니고 나머지 한 명을 소외시키는 유치한 패턴에 빠져 서로 감정이 상하지 않을까 걱정했다.

협동주택을 만드는 일에서 여러분의 길을 막고 있는 장벽은 무엇인가? 다음 실전 훈련은 자신에게 어떠한 장벽이 있는지 알아내고, 그 장벽이 정보를 더 수집함으로써 쉽게 해결할 수 있는 걱정인지 아니면 더 많은 관심이 필요한 진짜 두려움인지 결정하는 데 도움이 될 것이다.

예비 하우스메이트들과 협동주택에 대해 논의할 때 다음에 있는 장벽 체크리스트를 검토해보기 바란다. 만약 여러분에게 적용되는 장벽이 있다면 그 장벽이 단순한 걱정인지 아니면 협동주택을 만드는 데 방해가 되는 진짜 두려움인지 체크해보라. 목록에 빠진 것이 있다면 추가하기 바란다.

이제 여러분은 협동주택 만들기 계획을 마무리 짓기 전에 해결해야 할 예비 단계 목록을 만들었다. 앞에서 언급했듯이 걱정은 정보를 더 모으고 사람들과 대화를 나눔으로써 해결할 수 있다. 하지만 두려움을 극복하기 위해서는 다른 차원의 접근이 필요하다. 두려움이라는 정서적 요소는 이성적인 사고를 하지 못하도록 방해할 때가 많기 때문이다. 이 점은 매우 중요하다.

두려움 극복하기

우리 셋 중 한 명은 임상심리학자이다. 하지만 우리가 '치료법'을 제시하려 하는 것은 아니다. 이 섹션에서는 우리 각자가 인생의 변화에 대해 고민할 때마다 때때로 경험하는 전형적인 두려움을 어떻게 극복하는지에 대해 몇몇 조언을 제공할 것이다.

여러분은 앞에서 알아낸 두려움들을 극복하기 위해 무엇을 할 수 있는가? 그것은 여러분이 각각 어떤 방식으로 무언가를 배우고 어떤 방식으로 세상을 경험하느냐에 따라 달라질 것이다. 우리가 말하고자 하는 핵심도 바로 이것이다. 하지만 학습 스타일과 대처 스타일의 개인차에도 불구하고 공통적으로 사용할 수 있는 몇 가지 방법들이 있다.

자신의 두려움을 이해하라. 여러분이 두려움으로 분류한 주제 중

장벽들	이 장벽은 걱정이다	두려움이다
실패: 협동주택이 성공하지 못하면 어떡하지?	☐	☐
성공: 그렇게 급진적인 방식을 택하고 남들과 다르게 살아도 될까?	☐	☐
개인적 실패: 조금만 지나면 다들 나를 안 좋아할 거야. 나는 ……을 잘 못해.	☐	☐
불확실성: 사람들은 자기 분담금을 내지 않을 거야. 우리는 많이 싸울 거야. 현재는 내가 뭘 가지고 있는지 알겠어. 하지만 협동주택에 살면 내가 뭘 가지게 될지 잘 모르겠어.	☐	☐
이사: 내가 좋아하는 물건들을 포기해야 할 거야.	☐	☐
재정: 내가 이렇게 할 재정적 형편이 되는지 잘 모르겠어. 다른 사람들도 이렇게 할 재정적 형편이 되는지 잘 모르겠어.	☐	☐
우정: 친구들을 잃어버릴지도 몰라.	☐	☐
나이 혹은 건강: 이걸 할 수 있을 만한 에너지가 없어. 이걸 할 수 있을 만큼 건강하지 않아.	☐	☐
지식: 어떻게 해야 좋은 법률 자문과 재정 자문을 구할 수 있는지 모르겠어.	☐	☐
프라이버시: 나는 고독을 좋아하는데 그걸 잃어버리게 될 거야.	☐	☐
가족: 내 가족들은 환영받는다는 느낌을 받지 못할 거야. 내가 꼭 아들을 버리는 것처럼 느껴져.	☐	☐
연애: 만약 내가 이성을 사귀게 되면 어떡하지? 이 주거방식이 누군가를 만나고 사귀는 것에 방해가 될까?	☐	☐
공존 가능성: 우리가 식성이 비슷하지 않으면 어떡하지? 영화 취향은? 집 안에서 음악을 듣는 정도는? 청결은? 애완동물은? 실내온도는?	☐	☐
신뢰: 이 사람들을 얼마나 깊이 믿을 수 있을지 잘 모르겠어.	☐	☐
기타	☐	☐

하나를 선택하라. 그런 다음 여러분이 두려워하는 게 무엇인지 적어보라. 그러고선 "이 말을 통해 정확히 내가 의도하는 바가 무엇이지?"라고 질문을 던져보라. 이 질문을 네 번 더 던지고 답해보라. 예를 들어 공존 가능성에 대해 두려움을 가지고 있다면 다음과 같은 대답이 나올 수 있을 것이다.

- 나는 우리가 잘 지내지 못할까 봐 두려워.
- 나는 집에 갈등이 생길까 봐 두려워.
- 나는 우리가 말다툼을 할까 봐 두려워.
- 나는 내가 원하는 것이나 내가 옳다고 생각하는 것에 대해 내가 뒤로 물러설까 봐 두려워.
- 나는 내가 불행하게 될까 봐 두려워.

이 대답들을 자세히 살펴보라. 대답 안에 해결책들이 이미 나와 있다! 만약 말다툼과 갈등이 두렵다면, 처음부터 일정한 합의사항들과 절차들을 만든 다음 하우스메이트들 사이에 존재하는 차이에 대해 건강한 방식으로 이야기를 나누면 된다. 모두의 의견을 들어주고 존중해주는 절차들이어야 한다. 계획 단계 동안 이 합의사항들을 이용할 수 있다.

여러분의 그룹이 이 방법을 이용한다면 모든 사람들에게 이롭게 될 것이고, 이용하지 않는다면 여러분이 애초에 가졌던 두려움이 확인되는 것이다. 만약 두려움이 확인됐다면 그룹에서 탈퇴하는 게 좋을 것이다.

조치를 취하라. 자신의 문제에 대해 고민하고 이야기할 수 있는 것은 오직 인간만이 가진 본성이다. 그것만으로는 아무 문제 없다. 하지만 만약 두려움을 곱씹기만 한다면 최악이다. 상황이 더 나빠지기만 할 것이다. 무언가 조치를 취해 문제에 정면으로 부딪치거나, 문제를 변화시키거나, 문제를 극복하라.

어떠한 전략이 가장 효과가 클지는 자신이 어떠한 사람이냐에 따라 달라진다. 대부분의 성격 특징은 아래의 4가지 유형으로 나뉘는데, 이 유형 구분은 다른 사람들 그리고 세상과 상호작용하는 방식을 설명해준다. 이 4가지 유형에 따라 두려움을 극복하는 방법에 대한 조언도 달라진다. 당신은 어느 유형인가?

- **사실 탐색 스타일**을 위한 조언은 분석, 명쾌한 논리, 데이터와 사실에 근거한 의사결정을 좋아하는 사람들에게 도움이 된다.
- **문제 해결 스타일**을 위한 조언은 일정한 절차나 수단을 따르는 것이 해답을 찾는 데 가장 좋다고 생각하는 사람들에게 도움이 된다.
- **사회적 유대 스타일**을 위한 조언은 개인적 인간관계와 상호작용을 통해 아이디어와 용기를 얻는 사람들에게 도움이 된다.
- **직관 스타일**을 위한 조언은 어떤 일을 해야 하는지 말해주는 '직감'에 궁극적으로 의존하는 사람들에게 도움이 된다.

아래에 제시된 조언들 중에서 여러분에게 가장 도움이 되는 조언을 선택한 다음 그 조언들을 이용해 적합한 조치를 취하라.

협동주택에 대한 두려움 극복하기에 대한 조언

사실 탐색 스타일 - 사실을 이용해 두려움에 정면으로 맞서라.	**문제 해결 스타일** - 하나씩 두려움을 해소하라.
· 협동주택에 사는 것에 대한 책들과 기사를 읽는다. · 협동주택에 대한 컨퍼런스에 참가해 다른 사람들은 어떻게 두려움에 대처하는지 배운다. · 선택사항들에 대해 재무상담사 혹은 부동산 중개인에게 자문을 구한다. · 자신의 의견과 결론을 다른 사람들과 함께 점검한다.	· 두려움을 극복하는 방법에 대한 실천 지향적인 자기계발서를 찾는다. 하루에 1시간씩 시간을 내 실천 방안들을 실천한다. · 계획을 세운다. 첫 번째 계획이 실패할 경우에 대비해 플랜 B를 세운다.
사회적 유대 스타일 - 사람들에게 두려움을 토로하라.	**직관 스타일** - 두려움을 동력으로 바꾸라.
· 유사한 일을 했던 사람들과 지역 모임이나 온라인 토론 모임을 만들어 참여한다. · 다른 사람들에게 약속을 함으로써 자기 자신에게 약속을 한다.(친구들과 가족들에게 자신이 무엇을 하고자 하는지 이야기한다.) · 무조건 반대만 하는 사람들을 피하고 현실적으로 고민하게 도와줄 수 있는 사람들을 찾는다.	· 자신이 현재 어디에 있는지 그리고 어디에 있고 싶은지에 대해 그림을 그려보라. 그 과정에서 일어날 사건들을 그려본다. · 명상, 요가, 산책하기와 같은 마음수련법을 이용한다. · 자신이 지금까지 성취한 것들을 일기에 적어본다. · 협동주택에서 행복하게 살고 있는 자신의 모습을 상상해본다. 어떻게 하면 그렇게 할 수 있을까?

여러분의 직감이 뭐라고 하는가?

지금까지 여러분에게 많은 고민거리들을 제시했다. 바라건대 일부 방법들이 여러분이 자신만의 협동주택을 만들 수 있도록 준비하는 데 도움이 되었으면 한다. 하지만 진이 지적하듯이 궁극적으로 최종 결정은 직감에 의존할 수밖에 없다. 어느 시점에서 여러분의 '직감'은 이것이 여러분에게 적합한지 말해줄 것이다. 자신감을 가지고 앞으로 나아가 자기 버전의 협동주택을 만들지 그렇게 하지 않을지, 그 시점이 오면 자연스레 알 수 있을 것이다.

인생이란, 참 좋은 것이다. 그렇지 않은가?

혼자 살 것인가, 함께 살 것인가

지금까지 우리는 세 사람이 어떻게 함께 살게 되었는지, 함께 살기로 결심한 후 어떤 변화가 있었는지, 또 이후 우리의 삶이 얼마나 풍성해졌는지에 대해 솔직한 이야기를 나눴다. 우리와 같은 방식의 삶을 고민하는 사람들에게 적지 않은 도움이 되리라 확신한다. 하지만 뒤늦은 고백을 하나 해야겠다.

사실 공유주택(shared living)을 구성하기 시작할 당시만 해도 우리는 현실 세계에 비슷한 일을 벌이고 있는 사람들이 또 있다는 사실을 알지 못했다. 오직 텔레비전에서만 접했을 뿐이다. 게다가 계획공동체(intentional community)에 대해서도 전혀 들어보지 못했을 뿐만 아니라, 2004년에도 이미 존재했고 그 이후로 기하급수적으로 증가한 다양한 공유주택 모델들에 대해서도 거의 아는 바가 없었다. 국내에만 있든 국제적이든, 크든 작든, 자리를 잡았든 실험 단계이든, 성공했든 실패했든 모든 공유주택 모델들은 어떤 목적이 있는 공동체를 만들고자 하는 선구적 노력을 다양한 형태로 반영하고 있었다. 공동생활과 공유공동체의 세계에서 공유주택은 아주 작은 틈새에 불과했다.

우리도 스스로 협동주택을 만들 때까지 대안적 공동생활의 다양한 스펙트럼에 대해 전혀 알지 못했다는 사실이 지금 생각하면 이상하게 느껴진다. 시애틀에 기반을 둔 코하우징 프로젝트 연구자이자 계획공동체 전문가인 오즈 래글랜드는 그 이유를 지리적 위치에서 찾았다.

"어쩌면 모르는 게 당연한지도 모릅니다. 여러분은 피츠버그에 살고 있으니까요. 하지만 진보적 지역에 살고 있는 사람들은 대안적 생활방식에 대해 끊임없이 모색해왔습니다."

현재는 심지어 보수적 성향이 강한 피츠버그조차 진보적 색채를 보여주기 시작하고 있으며 코하우징 공동체 세 곳이 다양한 발달 단계에 있다. 이제는 더 이상 우리가 홀로 '미지의 세계를 개척해나가는' 것 같지는 않다. 우리는 이제 협동주택을 비롯하여 실행 가능하고 가치 있는 다양한 공동생활 방식들을 더 폭넓게 정의하고 홍보하고자 애쓰는 사람들의 일원이 되었다. 예를 들어서 '협동주택 프로젝트'에 대해 더 알고 싶다면 www. cohouseholding.com을 방문해보기 바란다.

하지만 우리가 모험을 시작할 때 우리는 이 중 어느 것에 대해서도 모르고 있었다. 다음은 우리가 훗날 조사한 대안적 공동생활에 대한 실태와 정보들이다.

1인 가구의 획기적 증가

이삿짐이 어느 정도 정리되고 난 후 우리는 미국의 최근 주택 공급 상황과 공동생활 트렌드에 대해 조사하기 시작했고 우리 같은 교외 거주자는 잘 알아채지 못했던 변화의 기류를 발견했다. 미국의 인구통계학적 주거 트렌드는 크게 변하고 있다. 최신 통계와 심도 있는 분석을 얻기 위해 우리는 에릭 클라이넨버그의 『고잉 솔로』와 2010년 미국 인구조사를 참고했다.

인구통계학적 트렌드는 가구 구성의 패턴이 변화하고 있음을 보여준다. 결혼한 커플의 비율은 감소하고 있다. 2010년 미국 인구조사에 따르면 자녀가 없는 커플과 싱글턴(혼자 사는 싱글)은 미국 가구의 56퍼센트를 차지한다. 베이비부머 세대는 과도기에 있으며 수명은 눈에 띄게 연장되고 있다. 가구 구성의 변화와 관련된 다양한 요소에는 새로운 고용/업무 패턴, 문화 변화(한 가지 예로 대부분의 여성들이 일을 하고 재정적으로 독립적이라는 점), 에너지비와 교통비의 상승이 주거 선택에 미치는 영향 등이 포함된다.

2008년의 주택시장 버블 붕괴와 경제 불황은 많은 미국인들의 수입, 라이프스타일, 삶의 우선순위를 완전히 바꿔버렸다. 그럼에도 1인 가구는 계속해서 늘어나고 있다. 전국적으로는 28퍼센트가, 피츠버그의 근처 도시에서는 41퍼센트가, 전통적인 '가족 공동체'인 피츠버그에서는 33퍼센트가 재정적 어려움에도 불구하고 혼자 살고 있다.

젊은 싱글, 돌아온 싱글, 고독한 싱글

싱글 가장은 다양한 연령대에 걸쳐 있다. 한쪽 끝에는 젊은 싱글들(어린아이들의 싱글 부모 포함)이 있고 다른 한쪽 끝에는 고령자들이 있다. 클라이넨버그 박사는 혼자 살면서 자신의 라이프스타일 선택에 대해 만족하고 즐거워하는 많은 성인들을 인터뷰했다. 하지만 그의 책은 장점뿐만 아니라 단점, 모순, 상응대가까지 다루면서 균형 잡힌 시각을 제공한다. 연령대를 불문하고 싱글턴에게 혼자 산다는 것은 많은 스트레스를 줄 수 있다.

예를 들어, 많은 젊은 싱글들은 확대가족이나 공동체의 도움을 거의 받지 못한 채 업무상의 상충되는 요구들, 양육, 주택 유지, 무수히 많은 다른 책임들과 씨름해야 한다. 스펙트럼의 다른 쪽 끝에는 65세 이상의 미국인들 중 79퍼센트가 자기 소유의 집에 살면서 다양한 수준의 성취감과 만족감을 느끼며 그 집을 유지하고 있지만 노년기 동안 고립이 증가될 가능성에 직면하고 있다. 외로움은 어느 연령대의 사람들에게나 영향을 미칠 수 있고 실제로 영향을 미친다.

매력적인 대안들이 엄청나게 많다!

공유주택(communal housing)이라는 아이디어는 새로운 아이디어가 아니다. 하지만 대부분의 미국 사람들은 여전히 잘 선택하지 않는 라이프스타일이다. 혼자 살기로 자발적으로 선택하는 사람들도 많지만, 혼자 살고 싶지 않지만 상황 때문에 다른 선택의 여지가 없다고 믿는 사람들도 있다. 어떤 사람들은 혁신적 선택을 상상해보기도 하지만 비전통적인 생활 방식을 상상하는 것과 실제로 실천하는 것 사이에 거대한 간극이 있다는 사실을 인지한다. 우리가 이 점을 어떻게 알게 됐는지 말해주겠다.

협동주택에 관한 워크숍에서 우리는 놀라울 정도로 많은 여성들을 만났다. 그 여성들은 여동생, 사촌, 대학 룸메이트, 절친한 친구 등과 함께 사는 것, 혹은 파트너와 함께 다른 커플들과 사는 것, 그 밖에 여러 방식을 고려하고 있었다. 우리의 이야기를 들려줄 때마다 그들은 눈을 반짝였다. 하지만 그러고 나선 어떻게 꿈을 현실로 바꿀 수 있을지 상상조차 되지 않아서 아직 실행에 옮기지 못하고 있다고 말했다. 최소한 '아직까지는'.

사실, 혁신적인 베이비부머 세대는 싱글 생활의 불리한 면들을 해결하기 위한 대안적 방법들을 바쁘게 탐색하고 있다. 그들은 많은 실제적 문제, 경제적 문제, 사회적 문제, 안전 문제에 대해 새로운 해결책을 구하고, 찾고 있다. 혁신은 라이프스타일 선택에 대해 열린 태도를 가지고 공동체의식을 확대할 때 가능해진다.

어느 정도까지, 필요는 발명의 어머니이다. 사는 동안 '커플을 유지하는' 사람들의 수가 줄어들고 수입이나 다른 자원들이 부족해지면 새로운 대처 방법이 나타날 수밖에 없다. 모바일 사회에서, 지원 시스템은 생물학적 가족과의 근접성보다 친구들과 지인들과의 근접성에 기반하고 있을 때가 많다. 여러 세대로 이루어진 핵가족 혹은 확대가족 가정을 유지하는 것은 점점 더 어려워지고 있다. 한편으로는 성인이 된 자녀와 그 부모가 함께 사는 트렌드도 증가하고 있지만 말이다.

계획공동체와 공유주택이라는 큰 범주 안에 있는 비전통적 공동생활 방식에 대해 일부 간단히 살펴보기로 하자.

함께 살기: 계획공동체와 공유주택 대안들

'계획공동체'는 그 안에 살고 있는 사람들에 의해 가장 잘 정의될 것이다. 계획공동체의 오랜 구성원이자 이 주제에 관한 저명한 저자인 다이애나 리프 크리스천(Diana Leafe Christian)은 계획공동체를 이렇게 설명한다. '공동의 목적을 가진 사람들이 자신들이 공유하는 핵심 가치들이 반영된 라이프스타일을 만들기 위해 협력적으로 일하면서 함께 살기로 선택한 것.'(계획공동체 펠로십 안내책자) 일반적으로 이 핵심 가치들에는 이상주의와 평등이 포함된다. 또한 웹사이트 www.meadowdance.org에는 계획공동체에 대해 다음과 같이 나와 있다.

본질적으로 계획공동체는 특정한 방식으로 살기 위해 자신들이 만든 한 장소에 모여서 사는 사람들 집단을 가리킨다. 계획공동체는 거의 무한할 정도로 다양하다. 종교적 공동체도 있고 아닌 공동체도 있다. 정치적 공동체가 전반적으로 많다. 큰 공동체도 작은 공동체도, 시골 공동체도 도시 공동체도, 생태주의적 공동체도 물질주의적 공동체도 있다. 수도원, 코뮌, 무정부주의적 무단점유 하우스, 협동주택, 코하우징, 키부츠(이스라엘 집단농장 – 옮긴이), 기독교 활동가 공동체, 셰이커 교도 공동체, 그 외에도 다양한 유형의 집단이 많다.

비전통적 공동생활 공동체에 대한 관심은 1980년대부터 기하급수적으로 증가했다. 1980년대부터 사람들은 공동체 웹사이트를 만들고 자신의 경험을 기록하기 시작했다.

혁신가들 중 한 명은 노인학자 제인 포르치노(Jane Porcino) 박사였는데 그녀는 여성 노인들을 위한 대안주택을 연구했다. 제인 포르치노 박사는 중년기 여성들 혹은 중년기가 지난 여성들에게 가장 큰 스트레스 요인은 생활환경의 중대한 변화(배우자 사망, 이혼, 재정 문제, 건강 문제 등)라는 사실에 주목했다. 하지만 그럼에도 자신의 필요를 가장 잘 충족하는 생활환경을 사전에 대비하여 적극적으로 설계하는 사람들은 거의 없었다. 제인 포르치노 박사와 그녀의 남편은 다른 몇 커플과 함께 도시의 아파트 단지 안에 통합적면서도 서로 분리되어 있는 가구들을 만들었다. 이들의 작은 공동체는 서로 도움을 주고받으면서도 각 커플의 프라이버시를 보장했다.

1991년에 출간한 책『더 오래 살기, 더 잘 살기(Living Longer, Living Better: Adventures in Community Housing for Those in the

Second Half of Life)』에서 제인 포르치노 박사는 사람들이 긍정적인 선택들을 고려해보도록 돕기 위해서 '액세서리 아파트'에서 '은퇴공동체'에 이르기까지 14가지 유형의 대안 공동체를 알파벳 순으로 소개했나. 그 후로 너 나양한 유형들이 생겼나. 나음은 그 중 몇 가지 모델을 간략히 정리한 것이다.

· 코하우징 공동체(Cohousing Communities)

건축가 찰스 듀렛(Charles Durrett)과 캐스린 매커먼트(Kathryn McCamant)는 미국 코하우징 운동의 개척자들이다. 이들은 덴마크와 다른 유럽 국가들의 안정된 코하우징 마을들을 연구한 다음 그 모델을 미국에 가져왔다. 코하우징 공동체는 모든 연령대의 사람들을 위해 개별 주택들과 공유 시설들을 결합하여 신중하게 계획한 마을이다. 일반적으로 거주자들이 합의 방식을 통해 공동체를 설계하고 관리한다. 거주자들은 시설 보수와 공동식사 준비 같은 공동체 임무에 자발적으로 지원한다.

일반적으로 새로운 코하우징 공동체를 만들 때 계획 단계에만 고된 몇 년의 시간이 걸린다. 아이디어의 발상에서부터 투자 유치, 부지 선택, 공사, 공동체 만들기에 이르기까지 몇 년이 걸린다.(찰스 듀렛, 캐스린 매커먼트, 그 이외 사람들이 출간한 코하우징 관련 출판물들은 이 책의 참고자료를 참고하라.)

1991년에 미국 최초의 코하우징 공동체가 문을 연 이후로 코하우징 공동체는 급성장했다. 2011년에 발행된 〈미국 코하우징 협회 안내책자〉에는 233곳의 공동체가 등록되어 있다. 하지만 코하우징 공동체가 아직 미국 전역에 빠짐없이 생긴 것은 아니고 다른 형태의 계획공동체들 또한 부상하고 있다.

• **계획공동체 펠로십(The Fellowship for Intentional Community, FIC)**

먼저 가봐야 할 웹사이트가 있다. 폭넓은 개관과 많은 정보를 제공하는 웹사이트이고 주소는 www.ic.org이다. 1986년에 현재의 형태로 설립된 계획공동체 펠로십(FIC)은 많은 정보와 다양한 면을 갖춘 웹사이트와 공동체 안내책자를 발행한다. 미국 안에 있는 다양한 비전통적 공동생활 방식들에 대해 한눈에 이해할 수 있을 것이다. 2012년도 FIC 〈공동체 안내책자〉에는 1,055개의 공동체가 실려 있다. 게다가 이 공동체들은 스스로 명단을 제출한 공동체들이다(비강제적이고 비폭력적인 공동체의 명단만 받아들였다). FIC의 임무는 '공동체 안에 사는 사람들과 그들의 친구들 사이에 유대와 협력을 키우는 것'과 대중의 관심을 유도하는 것이다.

FIC의 이상주의는 '세상을 바꾸기 위해 노력하는 헌신적인 사람들의 작은 집단'이라는 자기 정의에 잘 드러나 있다. 그들의 최신 추정에 따르면 현재 약 10만 명의 미국인들이 에코빌리지, 환경지향집단, 사회정의지향집단을 포함하여 일정한 유형의 계획공동체 안에서 살아가고 있다(FIC 공동체 안내책자 중 조프 코제니가 쓴 「계획공동체에서 살아가기(In Community Directory)」 7쪽과 14쪽). 계획공동체들 중의 한 가지 하위 범주인 '평등주의 공동체 연방(Federation of Egalitarian Communities, FEC)'은 '평등, 협력, 지구와의 조화에 기반을 둔 라이프스타일을 창조하기 위해 공동투쟁을 하면서 모인 평등주의 공동체들의 조합'이다. 대부분의 코하우징 공동체와는 달리 FEC 공동체들은 십난으로 소득을 발생시키고 분배한다.

· **홈셰어링(Homesharing)**

미디어에서는 주기적으로 당대의 '골든 걸스', 즉 집을 공유하는 여성들 이야기에 주목한다. 이러한 이야기들은 조앤 메들리콧의 연작소설인 『코빙턴의 숙녀들(Ladies of Covington)』을 떠올리게 한다. 거주자들에게 소설만큼 감정적 드라마가 많이 펼쳐지지 않기만을 바랄 뿐이지만 말이다. 흥미롭게도 우리는 공유주택에 살고 있는 독립적인 싱글 남성들에 대한 뉴스 기사는 잘 만나지 못한다. 하지만 확실히 존재할 것이라고 생각한다.

'셰어하우스(share house)'라고도 불리는 홈셰어링에서는 '하우스메이트들' 혹은 '룸메이트들'이 함께 임대한 거주지를 공유하는 경우가 가장 많지만 다양한 변형도 가능하다. 가령 자가주택에 사는 사람이 다른 사람들에게 공간을 임대할 수도 있다. 일반적으로 거주자들은 서로 개인적 관계가 없고 장기적으로 함께 살 것을 기대하지 않는다. 안나마리 플루하르는 자신의 저서 『셰어링 하우징(Sharing Housing)』에서 적합한 룸메이트 찾는 법과 잠재적인 위험을 방지하는 법에 대해 종합적인 가이드라인을 제공한다.

재정적으로나 신체적으로 특별한 도움이 필요한 개인들을 위해 사회복지기관들이 홈셰어링을 조직해주기도 한다. 이러한 사회복지기관들의 목표는 서로 도움을 줄 수 있는 개인들을 적합하게 짝지어주는 것이다.

· 포켓 네이버후드(Pocket Neighborhoods)

건축가 로스 채핀은 공유부지 주변에 8~10가구가 모여 사는 작은 동네를 설계했다. 주택 소유자들은 쉽게 서로 알 수 있고 일반적인 동네보다 더 유대가 깊은 방식으로 상호작용할 수 있다. 이미 만들어진 이 동네는 시간과 자원이 소모되는 조직화 과정과 코하우징 공동체의 강도 높은 상호책임을 피할 수 있다(로스 채핀이 쓴 『포켓 네이버후드』나 웹사이트 www.pocket-neighborhoods.net를 참고하라).

· 은퇴공동체(Retirement Communities)

은퇴공동체(여기에서 자세히 다루지는 않겠지만)에는 완전히 독립적으로 생활하는 방식부터 생활을 보조받는 방식, 간호를 받는 방식에 이르기까지 광범위한 선택권을 제공하는 시설들이 있다. 그렇지만 그러한 시설들만이 은퇴공동체의 전부는 아니다.

· 제자리에서 나이 들기/공동체 안에서 나이 들기(Aging in Place/ Aging in Community)

켄 디치월드, 루이스 테넌바움, 그리고 다른 선지자들의 획기적인 작업은 노인들에게 라이프스타일 선택권을 다시 그려볼 수 있는 기폭제가 되었다.

특정한 유형의 생활 방식을 제안하지는 않지만, 제자리에서 나이 들기(AIP) 운동은 최첨단의 주택 설계, 보조공학, 다중서비스 통합 등을 이용해 사람들에게 자신이 살고 싶은 집에서 최대한의 독립성과 안전을 누리며 가능한 한 오랫동안 계속 사는 것을 목적으로 한다. AIP는 공유주택을 포함할 수도, 그렇지 않을 수도 있다. AIP에 대해 더 알고 싶다면 www.louistenenbaum.com을 방문해보기 바란다.

'공동체 안에서 나이 들기' 운동은 시니어 코하우징, 시니어 공유주택, 시니어 '마을' 네트워크 연합 등의 혁신적인 모델들을 만들어내고 있다. 레인스 코헨이 쓴 글과 웹사이트 www.agingincommunity.com, 스테파니 마론이 엮은 책『담대하게 나이 들기(Audacious Aging: Eldership As a Revolutionary Endeavor)』를 참고하기 바란다.

우리의 모델: 협동주택에서 '따로 또 같이' 살기

우리가 선택한 모델이 바로 '협동주택'이다. 공동체 안에서 더 나은 삶의 방식을 만들겠다는 유토피아적인 꿈에 자신의 시간, 돈, 인생, 생계를 바친 사람들의 이야기는 정말로 우리에게 많은 영감을 주었다. 폴 레이의 말대로 이러한 현상들은 진정한 '문화

창조(cultural creatives)'이다 (FIC 안내책자 7쪽에 데이비드 웬이 쓴 「공동체 재창조하기(Reinventing Communality)」를 참고하기 바란다). 반면, 우리는 이상적인 길보다 실용적인 길을 택했다. 우리는 기본적으로 각자에게 돌아오는 즉각적인 현실적 혜택들을 주요 동기로 삼았고 환경적, 사회적, 문화적 변화에 미치는 영향에는 부차적인 관심을 가졌다.

더 규모가 큰 계획공동체들과는 다르게, 우리는 비전을 공유하거나 복잡한 운영방식과 규칙을 수립하기 위해 몇 년을 보내지 않았다. 우리는 많은 자본을 끌어모아야 하거나 대대적인 건설 사업을 벌여야 할 필요가 없었다. 하지만 우리의 공동주거 모델과 다른 모델들 사이에 유사성도 있었다. 우리는 이례적인 삶의 방식이 가져올 수 있는 문제들의 해결법들을 사전에 적극적으로 찾았다. 어떤 측면에서 보자면 우리는 기존의 공유주택 거주자들이 이미 실행하고 있던 것에서 배우면 됐을 텐데, 이미 있는 것들을 다시 만드느라 쓸데없이 시간을 낭비했다. 이 책을 읽고 있는 여러분은 최소한 아무런 사전 지식 없이 시작해야 하는 낭패는 겪지 않을 것이다.

우리는 우리의 공동주거 모델을 '협동주택에서 살기(cooperative householding)'라고 명명했다. '살기'라고 이름붙인 이유는 이것이 단순한 하나의 공간이 아니라 적극적이고 계속 진화하는 과정임을 강조하기 위해서였다.

우리는 우리의 공동주거 모델인 '협동주택에서 살기'를 다음과 같이 정의했다.

협동주택에서 살기: 재정적 · 사회적 · 라이프스타일 · 환경적
으로 그리고/또는 다른 혜택을 얻기 위해 한 서주시를 공동
으로 소유하고, 그 안에 살고, 공동으로 관리하는 두 명 혹은
그 이상의, 서로 관련 없는 사람들의 공유주택 파트너십.('서
로 관련 없는'은 하우스메이트들이 핵가족이나 연애 파트너십이 아
니라 주택소유자 파트너들임을 의미한다.)

물론, 협동주택에서 살기 모델은 다른 유형의 공동생활, 특히
공유주택/홈셰어링과 기본 요소들을 같이한다. 다만 다른 점은
거주지를 공동 소유한다는 점이다. 우리는 심리적, 법률적 관점에
서 이 점이 파트너들 사이에 평등, 즉 평등한 힘, 평등한 헌신, 평
등한 책임을 보장하는 필수 요소라고 생각한다. 다음은 우리의 협
동주택에서 살기 모델의 중요한 기준들이다.

1. 함께 소유하고, 평등하며 협동한다.
2. 장기적 약속이다. 하지만 영원하리라고 추정하지는 않는다.
3. 상호의존적인 주택 소유에도 불구하고 파트너들은 서로에게
   의존하지 않고 독립성을 유지한다.

주택 공동 소유자로서 우리는 주택 소유의 모든 측면에서 동등

한 지분을 보유하고 있다.

이미 다 밝혔지만 우리는 협동주택에서 풍부한 이점들(돈, 시간, 노동, 환경 영향을 절약하는 것)을 누리면서 실속 있게 살 수 있도록 우리만의 방식을 고안했다. 우리는 서로 최대한 도우면서 즐겁기도 한 작은 공동체를 창조했다. 현실적 관점에서 보면, 우리는 각 구성원의 라이프스타일을 향상하는 동시에 각자의 프라이버시와 독립성을 보호했다. 이 이야기가 아직도 설득력 없고 비현실적으로 들리는가? 하긴 진의 조카 골딘도 처음엔 그렇게 생각했다. 그리 길게 가지는 않았지만.

솔직하게요? 겉으로는 지지하는 척했지만 속으로는 이모가 미쳤다고 생각했어요. 친구 두 명과 함께 집을 산다고?! 머릿속에 처음 떠오른 생각은 '중년의 위기인가?'였어요. 돌이켜 생각해보면 왜 그렇게 이상하다고 생각했는지 딱히 적절한 답이 생각나지는 않지만, 아마 다른 누가 그렇게 했다는 소리를 한 번도 들어본 적이 없어서일 거예요.

지금은 놀라운 아이디어이고 정말로 기막히게 좋은 주거방식이라고 생각해요. 왜 더 많은 사람들이 그렇게 하지 않는지 모르겠어요! 좋은 친구들과 같이 살지만 생활공간이 서로 분리되어 있고 욕실을 같이 써야 할 필요도 없다는 건 정말 기발한 아이디어예요.

이모네 집에 놀러갈 때면 이모 한 명이 아니라 이모 세 명을 방문하는 것처럼 느껴져요. 그분들 모두 제 삶에 대해 속속들이 잘 아세요.

그래서 오랜만에 보게 될 때면 지난번에 하다 말았던 이야기를 다시 이어서 시작하죠.

그 집에 가면 매일 저녁 난로(전 보통 겨울에 방문하거든요) 옆에 앉아서 와인 잔을 기울이며 이런저런 대화를 나누고 하루를 마감할 수 있어요. 딱 집에 온 듯한 느낌이에요.

외부인으로서 셰도론을 들여다보자면, 그분들이 하루하루의 경험들뿐만 아니라 인생의 희로애락을 서로 공유하는 것이 정말 보기 좋아요. 여러 면에서 맞춤형 상호지원 시스템이라 할 수 있죠. 다른 가족들과 비슷하지만 극적인 사건은 더 적죠. 다음에 누가 이와 유사한 주거방식을 시작할 거라고 얘기한다면 분명 예전과 다르게 반응할 거예요.

생각해보라. 만약 여러분이 혼자 살고 있는데 자유로운 저녁 시간이 있다면 어떻게 보내겠는가? 많은 미국인들처럼 혼자 텔레비전을 볼 것인가? 우리가 사는 집에서는 보통 셋 중 누구 한 명이 산책 또는 게임("스크래블 할 사람?")을 하자거나 영화를 보자고 하거나 흥미로운 대화를 시작할 것이다. 혹은 다 함께 가볍게 휴식을 취할 것이다. 날씨가 좋은 날이면 우리는 시원한 음료수를 들고 '작은 동굴(우리 정원의 맨 뒤쪽 높은 나무들 아래에 있는 그늘진 작은 공간)'로 세상만사를 떠나 잠시 휴가를 간다. 뒷문에서 몇 발짝밖에 가지 않았는데도.

이처럼 일상의 작은 사회적 상호작용은 혼자 살면서 아무 말도

하지 않는 것보다 삶을 더 건강하고 행복하게 만든다. 하지만 다른 사람들과 어울리고 싶지 않을 때에는 언제라도 각자 혼자 있을 수 있다. 우리 모두는 함께하는 어울리는 것의 아름다움뿐만 아니라 고독의 아름다움 또한 존중하고 필요로 한다. 우리는 양쪽 세계를 잘 공존시키고 있다. 게다가 우리는 이제 '여성들을 위한 공동체 생활(Women for Living in Community)'에서 선구자 메리앤 킬케니가 던졌던 질문에 대답할 수 있다.

"누가 당신을 위해 불을 켜둘 것인가?"

바로 이곳이 세상만사로부터 잠시 벗어날 수 있는
우리들만의 작은 동굴이다.

한번은 워크숍 도중 특히 생각이 깊은 한 참가자가 우리에게 두 가지 질문을 던져서 우리를 당황하게 했다.

"이 경험을 한 결과 여러분은 어떻게 변화했나요? 이 경험을 통해서 여러분 스스로에 대해 무엇을 배웠나요?"

분명히 우리는 변했다. 게다가 좋은 쪽으로 변했다. 협동주택에서 많은 시간을 함께 보낸 지금, 지난날을 돌아보면서 이 두 질문에 답을 해보려 한다. 우리의 '내밀하고 개인적인' 반추가 여러분에게 부디 도움이 되기를 바란다.

진 : 탁월한 선택이었다

우리가 이 사랑스럽고 오래된 저택에 이렇게 많은 시간 동안 함께 살았다고 생각하니 잘 믿어지지 않는다. 이렇게 서로 완전히 다른 세 명의 강한 여성들이 이곳에 함께 살게 된 것은 엄청난 믿음이 있었기에 가능했다. 가끔 나는 무엇이 우리를 이 일이 성공할 것이라고 그토록 확신하게 만들었는지 궁금하다. 하지만 나는 마음속 깊은 곳에 잘될 것이라는 믿음이 있었고 캐런과 루이즈도 그랬으리라 생각한다. 외견상으로는 상식에서 벗어난 일처럼 보였지만 우리가 그다지 큰 위험을 감수하는 건 아니라고 생각했다.

그리고 우리가 옳았다는 것이 증명되었다. 이 70년 된 고풍스러운 저택을 우리의 집으로 만든 일은 정말 탁월한 선택이었다. 우리는 직접 우리의 힘으로 이 공동체를 만들었다. 외양을 새롭게 하기 위해 대부분의 방에 도배와 페인트칠을 새로 했고, 단단한 나무로 된 바닥은 짙은 체리 색으로 다시 손질했고, 창문에 있는 차양, 커튼 등을 더 단순하게 바꿔 더 많은 햇빛이 들어오게 만들었다. 집과 뒷마당을 둘러싸고 있는 정원은 거의 전부 다시 만들고 새롭게 바꿨다. 우리 세 사람은 우리의 집을 보살피고 유지하는 일에 커다란 즐거움을 느낀다.

나 개인의 삶을 말하자면, 이곳 새도론에서 살면서 겪은 경험들로 인해 삶이 더욱 풍요로워졌다. 나는 사랑스럽고 고풍스럽고 다양한 취향이 살아 있는 이 공간이 자랑스럽다. 그리고 우리가 만든 환경과 분위기에 편안함을 느낀다. 겨울이면 나는 거실 난로 앞에 앉아 일을 하거나 책을 읽거나 '코뮌 거주인들'과 이야기 나누는 걸 즐긴다. 지하에 있는 '오락실'에서 모두 함께 영화를 보기도 한다.(루이즈와 나는 3월에 아카데미 시상식이 열리기 전에 아카데미상에 노미네이트된 영화들을 전부 보자는 미션을 세웠다. 캐런은 우리가 하고 싶은 대로 하도록 내버려두었고 시간이 날 때마다 합류한다.)

여름이면 정원과 무성한 나무들에 둘러싸인 뒷마당이 마치 대성당처럼 느껴진다. 사회생활의 정신없는 속도에서 벗어나 한숨 돌릴 수 있는 곳이다. 여름날의 익숙한 풍경은 루이즈가 뒷마당의 긴 의자에 누워서 책을 펼친 채로 졸고 있는 모습이다.

늦은 밤에 우리는 뒷마당의 한쪽 끝의 무성한 나무들 아래에 있는 일명 '작은 동굴'에서 테이블 앞에 앉아 와인 한잔을 자주 즐긴다. 우리 친구들 중 어떤 친구들은 작은 동굴로 밤 여행을 떠날 수 있는 특전을 손꼽아 기다린다.

옆 현관은 또 다른 실외 도피처이다. 그곳에서는 넌출수국(수국과 수곡속의 덩굴성 나무. 흰 꽃송이를 맺으며 가느다란 받침뿌리에 의해 나무에 기어오른다 – 옮긴이)이 장관을 이루며 공간을 뒤덮고 있어 평화로운 휴식처가 되어준다(사방에서 들려오는 이웃의 전동 공구 소리가 마침내 잦아들고 뎅그렁거리는 풍경 소리를 들을 수 있을 때). 여름에 옆 현관에서 먹는 식사는 특히 환상적이다.

나는 특히 우리 셋이서 같은 방에 앉아 각자 자기 노트북을 가지고 서로 이메일로 글이나 생각을 나누는 시간이 즐겁다. 여름 혹은 겨울에 정원이 보이는 방에 앉아 높은 나무들에 둘러싸인 뒷마당을 내려다볼 때도 많다. 어느 계절에든 아름답다.

우리가 일부러 놓아둔 새 모이통들에는 1년 내내 새들이 끊이지 않는다. 오색방울새, 멕시코양지니, 굴뚝새, 박새 들이 잠시 들러 밥을 먹고 간다. 큰어치, 홍관조와 더불어 딱따구리도 가끔 모습을 드러낸다. 검은방울새와 산비둘기는 땅에 떨어져 있는 씨앗들을 다람쥐와 공유한다. 어느 해에는 크리스마스 시즌에 해리 데이비드라는 이름의 반짝반짝한 사슴 모양 장식품이 뒷마당에 나타나기도 했다.

3층에 있는 내 스위트룸은 내가 좋아하는 또 다른 피난처다. 나는 집의 꼭대기에 있는 내 개인공간을 사랑한다. 딸려 있는 오피스에서 일을 할 수도 있고 침실에서 책을 읽거나 휴식을 취할 수도 있다. 개인공간들은 이곳이 부린 마법 중 일부이다. 우리 집은 개인공간과 공동공간의 배합이 적절히 잘 이루어져 있다.

핼러윈 때는 해가 진 뒤에 외부의 파티에 가지 않고 집에 있는 사람은 집안 불을 다 끄고 지금껏 만들어진 공포 영화 중 가장 무섭고 가장 신경을 곤두서게 하는 영화를 보면서 귀엽게 분장한 아이들이 초인종을 누르기를 기다리기로 했다. 정말 무서웠다. 공포 영화와 귀여운 아이들이라는 대비가 잘 어울리지 않는 것처럼 보일지 모르지만, 루이즈는 공포 영화가 핼러윈에 적합한 장르라고 주장했고 우리는 이 핼러윈 의식을 준수하는 걸 한 번도 빼먹을 수 없었다. 솔직히 말해, 나는 핼러윈, 귀여운 아이들, 공포 영화의 조합을 어느 정도 기대하게 됐다.

우리가 서로 쌓은 인간관계는 새도론의 매우 중요한 측면이다. 우리 각자는 공유할 수 있는 힘과 기술을 가지고 있고 자유롭게 그 힘과 기술을 서로에게 제공한다. 집안일을 나눌 때에도 스케줄 표를 작성할 필요 없이 그냥 나눈다. 우리는 서로 좋은 친구들이고 서로 진실로 아끼는 자매들이 됐다. 서로를 완전히 신뢰하고 있는 모습 그대로 받아들인다. 조금 불완전하더라도 말이다.

그렇다고 우리가 항상 의견이 일치하는 것은 아니다. 때때로 우리 중 한 명 혹은 그 이상이 공동의 결정에 완전히 만족하지 못할 수도 있다. 하지만 우리는 공동주거 방식에서는 타협을 해야 할 때도 있다는 사실을 잘 알고 있다. 게다가 사실상 그러한 공동의 결정 모두가 아무 문제도 없었던 것으로 판명되었다.

우리가 같이 살기 전에 내가 가장 많이 걱정했던 건 이 강인한 두 여성 앞에서 단호하게 내 주장을 할 수 있을까 하는 점이었다. 결혼생활을 하면서 내 생각을 주장하는 기술을 배웠지만(아마 그래서 결국 이혼했는지도 모르지만), 3명으로 이루어진 그룹에서 성공할 수 있을지에 대해 보장은 없었다.

나는 타협할 줄 아는 사람이다. 게다가 협동주택은 타협이 거의 전부라고 해도 과언이 아니다. 하지만 가끔은 목소리를 높여서 자신의 생각을 이야기해야 할 때가 있고 나는 내가 강렬한 감정을 느낄 때 그렇게 할 수 있다는 사실을 발견했다.

앞에서 말했던 이 사례를 기억하는지? 섀도론에서의 첫 번째 크리스마스를 준비하던 밤에, 루이즈와 캐런은 트리에 달 미니 전구들을 사러 나갔다가 내가 좋아하지 않는 큰 구식 전구들을 사 가지고 돌아왔다. 루이즈와 캐런이 나와 미리 상의를 하지 않았기 때문에 나는 내가 느끼는 감정에 대해 솔직하게 이야기했다. 사람들이 우리에게 한 번도 '싸운' 적이 없냐고 물어보면, 크리스마스 전구와 관련된 이 사건이 가장 먼저 머릿속에 떠오른다.

이 모험을 위해 우리가 진행했던 계획 과정 모두에도 불구하고, 심지어 파트너십 협약서를 공동으로 작성했음에도 불구하고, 이 사건을 통해 우리는 아주 사소한 결정을 내릴 때조차도 서로 심세한 균형을 유지할 필요가 있다는 사실을 처음 의식적으로 깨닫게 됐다. 이 사건은 내가 자기 입장을 고수할 수 있다는 사실을 확인해주었다. 그 점에 대해 걱정할 필요가 없다는 사실도.

나는 고양이가 없는 이 집은 진정한 집이 아니라는 생각에 우리 모두 동의해서 기쁘다. 비어즐리는 공동주거라는 이 모험을 시작하게 한 존재이다. 그 누구도 비어즐리를 대신할 수는 없다. 하지만 비어즐리는 칼리에게 유산을 넘겼다(뒷부분을 읽어보기 바란다).

섀도론은 나의 집일 뿐 아니라 나의 가정이 됐다. 때때로 유혹에 빠지기도 한다. 이 집에 살다 보면 은퇴 후 삶을 준비해야 한다는 현실을 부정하기가 매우 쉽다. 우리가 여기에서 함께 보낼 수 있는 시간은 이곳을 물리적으로, 정신적으로, 재정적으로 관리하는 우리의 능력에 따라 제한될 것이다. 원래는 함께 은퇴하는 것에 대해 이야기를 나눴었는데 이제는 현재 공동주거를 하고 있지만 은퇴는 따로따로 하기로 이야기하고 있다.

이곳은 우리가 바로 지금 있어야 할 바로 그곳이다. 미래는 미래의 뜻대로 펼쳐질 것이다. 내가 원하는 대로 설계하고 만들기 위해 할 수 있는 일들을 최선을 다해 하겠지만. 현재로서는 공유주택에서 살지 않는 것을 상상할 수가 없다. 나이가 점점 더 들수록 더욱 그러하다.

캐런 : 배움과 변화의 시간들

우리의 공동주거는 내가 바라던 것 이상이었다. 기대했던 대로 우리는 우리가 계획했던 편의와 재정적 혜택을 전부 이루었다. 월별 경비 추정치는 단순히 합당한 정도가 아니었다. 10년 동안 우리는 월별 분담금을 올린 적이 딱 한 번, 100달러 올린 것밖에 없다. 우리가 짠 예산으로 우리는 주택과 자산을 유지했을 뿐 아니라 개선까지 했다. 만약 이 공간을 팔아야 하는 날이 온다면, 우리는 불황기임에도 불구하고 우리가 이전에 살던 방식보다 훨씬 더 나은 투자를 했음을 알게 될 것이다.

또한 나는 우리의 관계가 이 정도까지 진화한 것이 무척 놀랍다. 우리가 첫 해에 얼마나 미약했는지 느꼈을 것이다. 하지만 우리 모두는 이 일이 잘될 것이라고 믿었다. 우리 모두는 프로젝트를 성공시키기 위해 비상한 노력을 했다. 하지만 각자 자신의 자아감을 포기하거나 욕구를 희생하지 않고서 그렇게 했다. 프라이버시나 가족을 포기하지도 않았다.

우리는 서로에게 친구 이상의 존재가 되었다. 가족에 가깝지만 서로 의무는 없다. 서로 친하고, 함께 있으면 즐겁지만, 각자 자신의 길을 가는 세 자매들에 가깝다.

우리의 가족 범주는 이제 더 넓어졌다. 진의 친척들 중에는 이곳에서 결혼식을 올린 사람들도 있다. 루이즈의 가족은 크리스마스를 본가에서 보내지 않고 여기에서 보낸다. 내 가족(9명)도 여기에 모두 모여 우리 가족만의 크리스마스를 보낸다. 우리는 때때로 그룹들을 혼합해서 우정과 확대가족에 대한 이해를 높인다.

나는 두 하우스메이트들에게 많은 것을 배웠다. 우선 타인을 돕는 것을 중요시하는 내 가치관을 더 잘 이행하는 법을 배웠다. 또한 나 자신이 완벽하지 않아도 된다는 것과 일을 완벽하게 하지 않아도 괜찮다는 사실도 배웠다. 더 가벼운 면에서는, 삶을 더 단순하게 만드는 법과 자원을 보존하는 것에 대해 많은 노하우를 배웠다. 블라우스를 입을 때마다 매번 세탁할 필요는 없다! 저녁 식사에 손님을 초대했을 때 조금 쓰다 만 양초를 사용해도 상관없다. 게다가 양탄자를 매년 드라이클리닝하지 않아도 된다.

더 진지한 문제들에 대해서 살펴보자면, 나는 다른 사람들의 관점을 더 존중하고 더 신경 쓰게 됐다. 우리 형제들은 농담 삼아 '항상 옳아야 한다고 배우면서 자랐다'고 말하곤 한다. 그것도 어설프게 말고 극도로 옳아야 한다! 내가 십대 초반이었을 때 어머니가 돌아가셨고 그후 아버지는 재혼을 하셨다. 나는 새어머니에게 어떤 방식으로 타월을 접어서 캐비닛에 넣어야 하는지 모범답안을 설명해주는 것으로 '환영 인사'를 대신했다. 나는 우리의 공용 린넨 캐비닛이나 내 욕실에 대충 쌓아놓은 타월들을 볼 때마다 어렸을 적의 그 터무니없는 엄격함에 대해 생각하곤 한다.

독단을 줄이고 조금 더 유연하게 행동하면 인생이 훨씬 나아진다. 대화가 더 편해지고 우정은 더 깊어진다. 협동주택에 살면서 나는 내 자신에 대해 더 많이 알게 됐다.

짜증이 날 땐 없냐고? 글쎄. 꼭 꼽으라면 집에 있는 식품을 중복해서 산다거나 하우스메이트의 '도움'이 내가 하고 있는 어떤 일에 방해가 될 때(가령 내가 차고 문을 일부러 열어놓았는데 누군가 닫을 때) 조금 짜증이 난다. 하지만 그러한 것들은 그다지 중요하지 않은 짜증들이다. 게다가 나 역시 음식을 중복되게 사오고 다른 하우스메이트들을 지나치게 많이 돕는다.

나는 뒤돌아보는 것을 좋아하지 않는다. 나는 미래를 바라본다. 성공으로 가는 길을 말이다. 무엇보다, 은퇴에 대한 장기 계획 이야기를 꺼냄으로써 이 모든 일을 시작한 사람이 나다. 지난 몇 년 동안 나는 한 번 더 미래를 바라봤다. 온화한 날씨를 좋아하는 내 성향에 맞춰 은퇴 후 살 곳을 선택했다. 피츠버그에서 멀리 떨어진 곳이다. 그 결정은 새도론을 약간 흔들었다. 아마 얼마나 빨리 변화가 일어날지에 대해 진과 루이즈가 염려하기 때문일 것이다.

내가 은퇴 이후를 위해 선택한 거주지는 새도론과 상당히 다르다. 70세에 가까워져가는 사람에게는 아파트가 적합하다고 생각한다. 주택을 유지하는 것은 나이가 들수록 점점 더 힘들어지는데 아파트는 부담을 최소화한다. 하지만 그 외에 다른 많은 요소들도 고려했다.

우선 나는 3개의 침실과 2개의 욕실이 서로 분리되어 있는 공간을 선택했다. 제일 큰 침실과 그에 딸린 욕실은 한쪽 끝에 있고 나머지 침실 2개와 욕실은 다른 쪽 끝에 있다. 그 사이에는 베란다와 거실, 식당, 주방, 복도가 있다. 양쪽 침실 공간들 모두 하나의 아파트에서 혼자 살 때 누릴 수 있을 만큼의 사생활이 보장된다. 아마 내 계획을 눈치챘을 것이다. 나는 이 공간 역시 공유주택으로 만들고 싶다. 섀도론이 준 혜택들은 포기하기에 너무 아깝다! 진이나 루이즈, 혹은 둘 다 인생의 이 다음 단계에 나와 함께한다면 그보다 더 좋을 순 없을 것이다.

지역을 선택하기 전에 나는 운 좋게 루이스 테넨바움의 '제자리에서 나이 들기' 운동에 대해 알게 됐다. 루이스 테넨바움은 개인들이 자신이 선택한 공간에서 더 오랫동안 살 수 있고 현재 시스템이 지원하는 것을 넘어 더 건강하고 더 행복하게 지낼 수 있도록 기반 시설을 제공하는 운동에 헌신하고 있다. 자신이 쓴 〈제자리에서 나이 들기에 대한 메트라이프 보고서(MetLife Report on Aging in Place 2.0)〉에서 루이스 테넨바움은 장기적이고 독립적인 생활을 지원하기 위해서는 두 가지 범주의 기반 시설이 필요하다고 말한다.

1. 집 바깥 세상과의 연결: 테크놀로지, 공동체 자원, 이동 시스템, 공동체 인프라
2. 위험을 줄이고 자원의 현명하고 효과적인 이용을 용이하게 하는 집 디자인, 장치, 보조 기술

나 혼자 힘으로 이동 시스템이나 공동체 인프라를 만들 수는 없다. 하지만 이미 존재하는 시스템을 최대한 활용할 수 있는 지역을 선택할 수는 있다. 그래서 그렇게 했다. 내가 새로 선택한 공간은 내가 좋아하는 활동들을 할 수 있는 곳들에 걸어서 갈 수 있고, 버스가 지나다니기 때문에 원하는 곳이라면 어디든지 갈 수 있다. 또한 일부러 수리가 필요한 곳을 선택했다. 매우 합리적인 가격으로 구입할 수 있고 취향에 맞게 설계할 수 있기 때문이다. 수리를 할 때 나는 '제자리에서 나이 들기' 전문가들이 보조 기술과 관련하여 이야기한 조언들에 깊이 관심을 기울일 것이다. 한 가지 예로, 나는 나이 든 사람들이 더 쉽고 더 안전하게 생활할 수 있도록 욕실에 편의 설비를 설치할 것이다.

그렇다면 언제 은퇴해야 할까? 언제쯤 섀도론, 이 공동체에서 떠나야 할까? 나는 진과 루이즈 역시 인생에서 다음 단계를 밟을 준비가 됐을 때 떠날 것이다. 나는 우리가 하고 있는 일을 믿는다. 우리의 관계와 우리의 집을 사랑한다. 나는 그것을 깨는 사람이 되지 않을 것이다. 운이 좋아 그들 중 한 명 혹은 두 명 다 인생의 다음 단계에서 나와 함께 걸어가게 되기를 바랄 뿐이다.

루이즈 : 더 행복해졌다

내게 협동주택에 관해 가장 놀라웠던 점은 예상했던 것보다 엄청나게 쉬웠다는 것이다. 가족과 살든, 배우자와 살든, 친구들과 살든 어떠한 주거 상황에도 항상 주는 게 있으면 받는 게 있고 장점이 있으면 단점이 있기 마련이다. 하지만 9년 동안 살면서 협동주택에서 받은 혜택은 그런 주고받음을 무색하게 만들 정도로 대단했다.

핵심은 내가 현재 사는 곳, 사는 방식, 함께 사는 사람들을 사랑한다는 것이다. 이 특별한 집에선, 함께 나눈 모험 정신 덕에 하루하루가 새롭고 신선하다.

협동주택이 개개인의 성격과 얼마나 많은 연관이 있을까? 잘 모르겠다. 하지만 인생이 더 풍요로워졌고 경험이 더 넓어졌다는 사실은 확실히 알게 됐다. 집안일을 함께 함으로써 정원에는 많은 꽃들이 피어 있고, 음식의 질이 더 좋아지고 더 다양해졌으며, 혼자 살 때보다 집에서 사회적 만남과 이벤트를 더 많이 하게 됐다. 또한 따뜻함, 사랑, 그리고 웃음이 있다.

내 남동생인 아트는 이 집이 엄청나게 넓은 공간을 제공하고 우리가 직업교육과 배경 면에서 공통성을 지니고 있기 때문에 우리가 더 성공한 게 아니냐고 물었다. 나도 동의한다. 그것들도 상황의 일부이다. 우리는 공간이 넓은(스위트룸이 둘씩이나 있는) 집을 선택할 수 있었고 우리 모두 심리학, 보건, 행동과학 분야를 공부했기 때문에 대인관계에 관련된 문제들을 인식하고 해결하는 데 도움이 됐다.

하지만 다른 요소들도 그 못지않게 중요했다. 우리는 독립성을 유지하며 함께 지내는 것, 현명한 방식으로 행정 업무를 처리하는 것, 학습하고 실천하는 것으로부터 엄청난 에너지를 받았다. 일상적인 임무들도 모험처럼 느껴졌다. 처음에는 약간 겁을 먹었지만 나는 점차 오래된 가스등 덮개 교체하기, 높은 발판사다리에서 균형 잡기, 가로등 기둥에 매달리기 같은 일들을 즐기게 되었다. 중요한 점은 이것이다. 진과 캐런이 사다리를 붙잡아주며 항상 거기에 있었다는 것. 처음에는 이런 일들을 해낼 수 있으리라고 상상조차 못했지만 이제는 식은 죽 먹기다.

우리의 주택 보수 프로젝트 중 하나를 하다가 내 귀에 벌레가 들어간 적이 있다. 담쟁이덩굴로 뒤덮인 벽돌 벽에서 덧문을 제거하는 동안 자그마한 개미 한 마리가 내 귓속으로 기어 들어간 것이다. 1주일 동안 나는 단지 머릿속에서 물이 부글부글 끓는 것 같다고만 생각했다. 개미가 기어 나올 때까지 말이다. 맙소사! 이 이야기의 교훈은? 살아가고 배우라. 새로운 것들을 시도하라. 몸을 쭉 뻗으라. 이상한 일들이 생겨도 놀라지 말고, 나중에 친구들에게 즐겁게 이야기를 들려주라.

섀도론에서 나는 자기조절력을 더 키우게 됐다. 가족에게 기대하는 것과 달리, 우리는 처음부터 이 파트너십이 영구적이지 않으리라는 사실을 잘 알고 있었다. 나는 어떠한 일이나 어떠한 사람도 당연시하지 않는다. 이 상황이 너무 마음에 들기 때문에 망쳐버리고 싶지 않다.

나는 사람들이 얼마나 다면적이고 복잡한 존재인지에 대해 놀랄 때가 많다. 다른 사람과 살게 되면 이 사실을 매번 상기하게 된다. 책임감 강하고, 똑똑하고, 체계적인 나의 파트너들도 모순과

약점을 지니고 있다. 나 역시 그렇다.

사람들은 공동주거에 단점이 없는지 묻는다. 나는 "별로 없어요."라고 대답한다. 사람들이 함께 사는 곳이라면 어느 집에서나 짜증나는 일들이 약간씩 생기기 마련이다. 내가 혼자 살 때 그랬던 것처럼 말이다. 하지만 그 중에서도 가장 실망스러운 일을 꼽으라면 가끔 못 보고 지나쳐서 에너지가 낭비되거나 효율이 떨어지거나 안전 문제가 생길 때다. 가령 냉장고 문을 열어놓았다든지, 가스레인지를 끄지 않았다든지, 옆문을 잠그지 않았다든지, 양초들을 끄지 않아 다 타버렸다든지 하는 경우이다. 아, 개중 최고는 정원 호스를 꽉 잠그지 않아 석 달 동안 물이 방울방울 흐른 끝에 지하실에 새어 들어갔던 일이다.

자신도 모르게 일을 저지른 범인이 때론 나일 수도 있다. 하지만 다른 누군가의 실수이길 바라는 것은 인간의 본성이다. 그래서 다른 사람을 탓하지 않는 것이 최선의 방책이라는 걸 배웠다.

하지만 이러한 가끔의 실수들은 내게 영향을 미쳤다. 나는 원래 내 경계태세를 강화함으로써 과잉 보상을 하거나 통제를 하려는 경향이 있다. 어떤 일에 대해서도 별로 걱정하지 않는 반면, 나는 사전 대책을 미리 강구하고 세부사항들을 신경 쓰는 편이다. 나는 다른 사람 눈에 띄지 않게 전등을 다 껐는지 문을 다 잠갔는지 이중점검을 한다. 보통은 잘 돼 있지만 어떨 때는 그렇지 않다. 전통적인 가족 집단 안에서였다면 나는 의심되는 범인에게 소리를 질렀을 것이다. 하지만 여기에서는, 그렇게 하지 않는다.

나는 "여러분은 어떻게 변화했나요?"라는 도발적인 질문에 대해 오랜 시간 깊이 생각해보았다. 솔직히 특별한 생각이 떠오르지 않았다. 다른 사람을 덜 통제하게 됐나? 더 유연한 사람이 되었나? 더 깔끔해졌나? 타협을 더 잘할 수 있게 되었나? 조금이라도 더 나은 팀플레이어가 되었나? 음…… 하우스메이트들에게 어떻게 생각하는지 물어보는 게 낫겠다고 생각하는 그 순간, 갑자기 답이 떠올랐다. "나는 더 행복합니다."

내게 섀도론의 모험에 대해 누가 물어본다면 상투적인 문구를 늘어놓을 것이다. 하지만 그게 있는 그대로의 진실이다. 우리 모두는 우리의 시야와 우리의 능력을 확장시켰다. 우리는 협동주택에서 더 적은 돈으로 더 행복하게 살고 있다. 하나를 위한 모두, 모두를 위한 하나. 완벽하다. 조금도 바꾸고 싶지 않다. 후회는 없다. 인생이란 좋은 것이다.

비어즐리, 평화롭게 잠들다

보낸 사람: 루이즈

날짜: 4월 20일 10:30:55 PM

받는 사람: 캐런

제목: 마지막 B-메일

친애하는 캐런에게

큰 사람(루이즈)과 빠른 사람(진)이 내가 밤에 얼마나 멋졌는지 말해

췄어? 나는 통나무처럼 뻗어서 잤어. 배가 빵빵하게 불렀기 때문이야. 알갱이 밥에 뜨거운 물을 섞으면 훨씬 더 맛있고 고기 냄새가 솔솔 풍겨. 나는 이제 너무 나이를 많이 먹어서 딱딱한 알갱이를 우적우적 씹기 힘든 것 같아. 그래서 가끔 귀찮아서 먹지 않아.

물을 마실 수 있는 4개의 변기가 갖춰진 이 집에서 내 응석을 다 받아주는 세 명의 인간과 함께 살았던 건 정말 근사한 경험이었어.

사랑을 담아,

_비어즐리

P.S. 무슨 일이 있어도 나만큼 훌륭한 고양이는 절대 찾지 못할 거야.

가슴 아프게도 비어즐리는 고령인 19세 즈음에 우리의 곁을 떠났다. 우리는 섀도론에서 우리와 함께 보낸 시간이 비어즐리에게 최고의 시간이었으리라고 생각하고 싶다. 비어즐리를 기려 우리는 우리의 연례 여행을 '연례 비어즐리 죄책감 여행'이라고 계속 부른다.

칼리를 소개합니다!

검은 고양이인데도 나는 운이 좋은 게 확실하다. 나는 집 없이 떠돌아다니는 새끼 고양이였는데 친절한 노인들이 날 구조해주었다. 하지만 그들은 나의 특기인 '보는 족족 누더기로 만들기' 때문에 나를 키울 수가 없었다. 그러던 어느 날, 세 명의 낯선 인간들이 방문을 했다. 나는 높은 데 올라가고, 물건을 밀어서 넘어뜨리고, 가구 뒤에 숨는 등 그들에게 갖은 재롱을 떨었다. 그리고 작전이 먹혀들었다! 내게 새 집이 생겼고 그곳에서 나는 최고의 고양이다.

그들은 내게 '칼리'라는 이름을 붙여주었다. 칼리는 힌두교에서 파괴의 여신이다. 하지만 난 단지 노는 걸 좋아하는 것뿐이다. 유리그릇과 화장지가 내 주 장난감이다.

비어즐리님. 비어즐리님의 유지를 이어 계속 최선을 다해 얼룩다람쥐들을 쫓아다니고 있답니다. 당신은 그걸 즐겨 먹었다지만 저는 알갱이 밥을 달라고 주방에서 조르는 게 더 좋아요.

_칼리

칼리가 또 덮쳤다!

협동주택 파트너십 협약서

다음은 펜실베이니아 주 피츠버그에 위치한 우리의 협동주택에 대해 우리가 전문적 법률 자문을 받아 작성한 협동주택 협약서이다. 우리는 이 협약서를 우리처럼 살고 싶은 사람들을 위해 하나의 예로 제시하는 것이지 추천하는 것은 아니다. 참고가 됐으면 좋겠다.

협동주택을 시작하고 싶은 사람은 변호사나 전문가들과 협의해 자신들의 상황, 법률, 지역 법규에 적합한 법률문서를 작성하는 것이 좋다.

협 약 서

(   )주 (   )카운티에 사는 D. 진 맥퀼린과 (   )주 (   )카운티에 사는 루이즈 S. 머시니스트, (   )주 (   )카운티에 사는 캐런 M. 부시(이하 '파트너들')는 다음과 같이 동의한다.

제1항 파트너십의 유형 각 당사자들은 다음의 목적을 위해 제너럴 파트너들로서 자발적으로 파트너십을 맺는다. 파트너들의 목적은 (주소:)에 위치한 물적 재산을 구입하고, 소유하고, 발전시키고, 주택담보대출을 받고, 저당 잡히고, 유지하고, 개선하고, 고치고, 개조하고, 확장하고, 그 외에 물적 재산을 운용하고 여러 관련 일들을 처리하는 것이다. 또한 상기의 목적을 위해 재원을 마련하고 차환하는 일과 파트너들의 합의가 필요한 기타 일들을 처리하는 일도 목적에 포함된다.

제2항 파트너십의 이름 파트너십의 이름은 '섀도론' 협동주택이다.

제3항 파트너십의 기간 이 파트너십은 (＿＿년 ＿ 월 ＿ 일)에 시작하여 당사자들의 상호동의에 의해 끝나거나 이 협약서에 규정된 바에 따라 종료될 때까지 유지된다.

제4항 자본출자 약정 이 파트너십의 출자 약정은 총 ＿＿ 달러이며, 각 파트너는 ＿＿ 달러씩을 출자한다. 각 파트너는 (＿＿년 ＿ 월 ＿ 일)에 혹은 그 이전에, 이 돈을 파트너십의 명의로 되어 있는 당좌 예금 계좌에 입금하거나, 같은 액수의 돈을 사망 보험금으로 하고 다른 파트너들을 보험금 수령인으로 하는 보험증서를 매입하거나 획득하는 방법으로

출자한다.

제5항 부가적 개인 분담금 파트너들은 대출 이자와 에너지비, 물적 자산의 전반적 유지비를 해결하기 위해 매달 동등한 액수의 돈을 내야 한다.

제6항 자본의 회수 어떠한 파트너도 다른 파트너들의 서면 동의서 없이는 파트너십의 자기 출자 자본을 회수할 수 없다.

제7항 자산과 부채 파트너십에 생기는 모든 순자산 혹은 부채는 모든 파트너들에게 동등한 비율로 분배되거나 전달된다.

제8항 파트너십 회계장부 파트너십을 지속하는 동안 파트너들은 항상 파트너십에 관련된 모든 일에 대해 회계장부에 정확하게 기장해야 한다. 파트너십의 소득, 지출, 자산, 부채 전부 기입해야 한다. 이 회계장부는 현찰 기반으로 기장해야 하며 모든 파트너에게 언제나 공개되어 있어야 한다.

제9항 파트너십 자산에 대한 소유권 파트너십이 취득한 모든 물적 자산 혹은 인적 자산은 자산에 부가된 모든 이익을 포함하여 파트너십의 명의로 파트너십에게 소유된다. 이 소유권은 이 협약서의 다른 조건들과 조항들의 대상이다. 각 파트너는 파트너십 자산의 분할을 요구하는 권리를 명확히 포기한다. 파트너들은 파트너십의 자산 소유권을 나타내는 데 필요한 문서를 작성하고, 파트너들의 재량에 따라 만약 필요하다거나 바람직하다고 판단되면 관공서에 같은 내용을 등기해야 한다.

제10항 회계 연도 파트너십의 회계 연도는 매년 12월 31일에 끝난다.

제11항 권한 각 파트너는 주택이나 대지에 관련하여 비상사태가 발생할 경

우 단독으로 파트너십의 명의와 신용을 대표해 계약을 하고 의무를 발생시킬 수 있다. 그렇게 할 수 있는 각 파트너의 권한은 서로 동등하다. 하지만 어떤 파트너도 다른 파트너들의 서면 동의 없이는 파트너십의 명의나 파트너십의 신용으로 2,500달러를 초과하는 의무를 발생시킬 수 없다. 이 조항을 위반하여 발생한 의무는 모두 그 의무를 발생시킨 개인 파트너에게 부과된다.

제12항 미승인 사용 세 명의 파트너들을 제외한 어떠한 사람도 세 파트너들 모두의 서면 승인서 없이 연속해서 7일 혹은 1년에 총 21일 이상 물적 자산에 거주할 수 없다.

제13항 순이익의 정의 이 협약서에서 이용하는 '순이익'이라는 용어는 이 협약서에 규정된 매 회계 기간마다 일반적으로 통용되는 회계 원칙에 따라 결정되는, 파트너십의 순이익을 의미한다.

제14항 파트너십 지분의 양도 혹은 이전 어떠한 파트너도 파트너십의 자기 지분을 다른 사람에게 양도하거나 이전할 수 없다. 다른 파트너들의 서면 동의서를 받아 한 파트너가 자신의 공간을 2차 임대할 수 있다. 하지만 2차 임대에서는 파트너십 상의 어떠한 권리도 보장되지 않는다.

제15항 파트너의 자발적 탈퇴 어떠한 이유에서든 파트너십에서 자발적으로 탈퇴하고 싶은 파트너는 적어도 2개월 전에 자신의 의향을 적은 서면 통지서를 다른 파트너들에게 제출함으로써 그렇게 할 수 있다.

제16항 파트너의 비자발적 탈퇴 어떠한 이유에서든 파트너십에 대한 자신의 월례 분담금 납입 의무를 연속으로 2개월 동안 이행하지 못한 파트너는 2번째 달이 지나가면, 파트너십으로부터 통지 날짜에서 2개월 이내에 파트너십에서 탈퇴해야 한다는 통지를 받는다. 그 파트너는 통

지 후 2개월 이내에 파트너십에서 탈퇴함으로써 그 통지를 준수해야 한다.

제17항 구조상의 변화 공동 자산의 구조상의 변화를 위해서는 세 파트너 모두의 동의가 필요하다. 한 파트너가 다른 파트너들의 동의를 받아 자신의 비용으로 구조상 변화를 일으킬 수도 있다. 하지만 이 파트너는 적절한 공사 기술을 보장하고 모든 구조적 코드를 만족시키는 것에 대해 완전한 의무와 책임을 져야 한다.

제18항 해결할 수 없는 차이들 세 파트너들 사이에 해결할 수 없는 차이가 발생한 경우, 어떠한 파트너도 전문 중재인과 함께 중재를 개시할 수 있다. 단 중재는 3시간 이내여야 한다. 만약 중재로 차이가 해결되지 않는다면, 파트너들은 법적 구속력이 있는 전문 분쟁조정기관에 분쟁조정을 신청하고 분쟁조정기관의 결정(파트너십에서의 비자발적 탈퇴를 포함하여)을 준수해야 한다. 중재와 조정으로 인해 발생하는 비용 모두는 파트너십에서 지불한다.

제19항 종료된 지분의 인수 만약 한 파트너가 이 협약에서 탈퇴함에 따라 파트너십이 분해된다면, 탈퇴한 파트너는 파트너십 안의 자기 지분을 전체 자산 가치의 3분의 1에 해당하는 비용으로 파트너십에게 매도해야 한다. 자산 가치는 종료 통지로부터 영업일 15일 이내에 주택 전문 부동산 감정평가사에 의해 평가되어 결정된다. 여기에서 종료 통지는 탈퇴의 서면 통지서가 파트너십에게 제출된 날짜(자발적 탈퇴의 경우) 혹은 탈퇴한 파트너에게 제출된 날짜(비자발적 탈퇴의 경우)를 말한다. 자산 가치 평가가 수용된 날짜에 금액의 지불이 시작되며 탈퇴한 파트너에게 12개월 동안 분할되어 매월 동일한 금액이 지급된다. 이러한 분할 지급이 다 끝나고 나면, 탈퇴한 파트너는 그 이후로

파트너십, 파트너십의 자산, 혹은 파트너십의 행정 관리에 대해 어떠한 유형의 지분도 가지지 않는다.

제20항 파트너의 사망 시 매매 만약 파트너 한 명의 사망으로 인해 파트너십이 와해된다면, 남아 있는 파트너들은 사망한 파트너의 파트너십 지분을 매입해야 할 의무를 가진다. 그리고 사망한 파트너의 개인적 대리인에게 이 협약서의 제19항에 규정되어 있는 것과 같은 방식으로 사망한 파트너가 가진 지분의 가치를 지불해야 할 의무를 가진다. 남은 파트너들은 파트너십의 비즈니스를 지속할 수 있지만, 사망한 파트너의 재산 상속인이나 개인적 대리인은 파트너의 사망 이후 파트너십 비즈니스에 발생하는 어떠한 의무에 대해서도 책임지지 않는다. 사망한 파트너의 재산 상속인은 이 협약서에 규정된 대로 자신의 파트너십 지분을 남은 파트너들에게 매도해야 할 의무를 가진다.

제21항 매수 파트너들의 의무 이 협약서의 제19항, 제20항의 규정에 준하여 매수와 매도를 할 경우, 남은 파트너들이 파트너십의 모든 의무를 맡는다. 탈퇴한 파트너, 사망한 파트너의 개인적 대리인과 재산 상속인, 탈퇴한 파트너의 자산 혹은 사망한 파트너의 자산을 파트너십의 의무에 대한 모든 법적 책임으로부터 자유롭고 해주어야 하고 해를 입지 않게 해야 한다. 또한 남은 파트너들은 즉시 자신들의 비용으로 탈퇴한 파트너, 혹은 사망한 파트너의 개인적 대리인이나 재산 상속인을 파트너십 관리 상의 미래 발생 의무에 대한 책임에서 보호하기 위해 법률적으로 필요한 모든 통지서를 준비하고 서류화하고 제출하고 게재해야 한다.

제22항 주의사항 이 협약서에 따라 혹은 법률에 따라 각 당사자들 간에 제공하거나 승인하는 모든 통지는 서면으로 이루어져야 한다. 파트너에게

직접 정확히 전달하거나 우체국의 정식 요금별납우편으로 당사자에게 정확히 우편물을 보낸 경우에만 적절한 절차에 따라 제공된 것으로 간주된다.

제23항 합의와 동의 이 협약서에 의해 제공되거나 승인된 모든 합의와 동의는 서면 형식으로 만들고 복사본에 서명을 하여 파트너십의 다른 기록물들과 함께 파일에 넣어 보관한다.

제24항 전체의 동의 이 법률 문서는 파트너십과 관련하여 모든 당사자들의 전체 동의를 포함한다. 정확한 날짜의 규정과 함께 각 당사자의 다른 사람들에 대한 권리, 의무, 책무를 정확하게 제시하고 있다. 이 협약서에 명확하게 제시되어 있지 않은 이전의 동의, 약속, 협상, 의견은 모두 법적 효력이 없다.

아래의 서명은 이 문서 초안에 규정된 조항들을 준수하겠다는 굳은 약속을 의미한다.

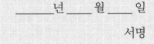

_____년 _____월 _____일

서명

□ **단체**

- Aging In Community. www.agingincommunity.com
- Baby Boomer Lifeboat: Affordable baby boomers retirement housing. www. babyboomerlifeboat.com/baby_boomer_low_cost_housing.htm
- CoAbode: Single Mothers Homesharing. www.coabode.org
- The Cohousing Association of the United States, www.cohousing.org
- Women Living in Community, www.womenlivingincommunity.com
- The Transition Network, www.thetransitionnetwork.org
- The Fellowship for Intentional Community, http://fic.ic.org
- The Federation of Egalitarian Communities, http://thefec.org
- The Senior Cooperative Foundation, www.seniorcoops.org
- Senior Home Sharing, Inc., www.seniorhomesharing.org

□ **출판물**

- Barrette, E. "Householding: Communal Living on a Small Scale." *Communities Magazine.* Fall 2009 issue, #144.
- Bennett, A. *The Uncommon Reader.* London: Faber and Faber, Inc., 2006.
- Chapin, R. *Pocket Neighborhoods: Creating Small-Scale Community in a Large-Scale World.* Newtown, Conn: Taunton, 2011.
- Chiras, D., Wann, D. *Superbia: 31 Ways to Create Sustainable Neighborhoods.* Gabriola Island, B.C., Canada: New Society, 2003.
- Christian, D. L. *Finding Community: How to Join an Ecovillage or Intentional Community.* Gabriola Island, B.C., Canada: New Society, 2007.
- *Communities Directory: A Comprehensive Guide to Intentional Communities and Cooperative Living.* Fellowship for Intentional Community, 2010.

- *Communities Magazine*. Fellowship for Intentional Community. Print and online versions. http://communities.ic.org

- Dawson, J. *Ecovillages: New Frontiers for Sustainability, Schumacher Briefing No. 12* (Schumacher Briefings). Devon, United Kingdom: Green Books, 2006.

- Doskow, E., Orsi, J. *The Sharing Solution: How to Save Money, Simplify Your Life & Build Community*. Berkeley, Calif.: Nolo, 2009.

- Durrett, C. *The Senior Cohousing Handbook: A Community Approach to Independent Living*. Gabriola Island, BC, Canada: New Society, 2009.

- Durrett, C., McCamant, K. *Creating Cohousing: Building Sustainable Communities*. Gabriola Island, B.C., Canada: New Society, 2011.

- Klinenberg, E. Going Solo: *The Extraordinary Rise and Surprising Appeal of Living Alone*. Penguin, 2012.

- Kushner, H. S. *When Bad Things Happen to Good People*. New York: Random House, 1981.

- Litchfield, M. *In-laws, Outlaws, and Granny Flats: Your Guide to Turning One House into Two Homes*. Newtown, Conn.: Taunton, 2011.

- Marohn, S. *Audacious Aging: Eldership as a Revolutionary Endeavor*. Fulton, Calif.: Elite Books, 2009.

- McCamant, K. M, Durrett, C., Hertzman, E., Moore, C. W. *Cohousing: A Contemporary Approach to Housing Ourselves*. Berkeley, Calif.: Ten Speed Press, 1994.

- Medlicott, J. *The Ladies of Covington Send Their Love*. New York: Thomas Dunne, 2000.

- Meltzer, G., Ph.D. *Sustainable Community: Learning from the Cohousing Model*. Bloomington, Ind.: Trafford, 2005.

- Miller, M. *The Hard Times Guide to Retirement Security: Practical Strategies for Money, Work, and Living*. Hoboken, N.J.: Bloomberg Press (Wiley), 2010. http://retirementrevised.com

- Mollison, B. *Introduction to Permaculture*. Tasmania, Australia: Tagari, 1997.

- Pitkin, J., Myers, D. "Driving and the Built Environment: The Effects of Compact Development on Motorized Travel, Energy Use, and CO2 Emissions." Committee for the Study on the Relationships Among Development Patterns, Vehicle Miles Traveled, and Energy Consumption. Transportation Research Board Special Report 298. National Research Council of the National Academies. 2009.

· Porcino, J. Living Longer, Living Better: *Adventures in Community Housing for Those in the Second Half of Life*. New York: Continuum International Publishing Group, 1991.

· Pluhar, A. *Sharing Housing: A Guidebook to Finding and Keeping Good Housemates*. Peterborough, N.H.: Bauhan, 2011.

· Ray, P. Ph.D., Anderson, S. R. *The Cultural Creatives: How 50 Million People Are Changing the World*. New York: Three Rivers, 2001.

· Reed, J., Chendea, J., Costa, J. *Co-op Villages*. Pensacola, Fla. Co-Op Village Foundation, Inc., 2007.

· Reza, Y. Art. New York: Faber and Faber, Inc., 1997.

· Rosenfeld, J. P., Chapman, W. *Unassisted Living*. New York: Monacelli Press, 2011.

· ScottHanson, C., ScottHanson, K. *The Cohousing Handbook: Building a Place for Community*. Gabriola Island, B.C., Canada: New Society, 2004.

· Shaffer, C. R. *Creating Community Anywhere*. United Kingdom: CCC Press, 2005

· Stephens, L. House Mates: *A Guide to Cooperative Shared Housing*. Portland, Ore.: Verbatim, 1997.

· Tenenbaum, L. "The MetLife Report on Aging in Place 2.0: Rethinking Solutions to the Home Care Challenge." September 2010. (Available online as a pdf)

□ 웹사이트

· "Being Alone Together." *New York Times*. 12 February 2012. www.nytimes.com/roomfordebate/2012/02/12/the-advantages -and-disadvantages-of-living-alone/living-single-happily-and-differently

• Brandt, E. Ph.D. "Back To Sophisticated Communes – Will Baby Boomers Come Full Circle? Scott's Story." 18 August 2009. http://angriestgeneration.wordpress.com/2009/08/18/back-to-sophisticated-communes-will-baby-boomers-comefull-circle-scotts-story

• Cappello, R. "For Boomers, a Thousand Flavors of Retirement." Huffington Post. 19 September 2012. www.huffingtonpost.com/ron-cappello/retirement_b_1894904.html

• Eberlein, S. "Life Is Easier With Friends Next Door: Feeling a need for community? Cohousing can provide affordable space and neighbors to share it with." Yes! magazine. 16 July 2012. www.yesmagazine.org/issues/making-it-home/life-is-easier-with-friends-next-door

• Green, P. "Under One Roof: Building for Extended Families." *New York Times*. 30 November 2012. www.nytimes.com/2012/11/30/us/building-homes-formodern-multigenerational-families.html?emc=eta1

• "Housing Vacancies and Homeownership." U.S. Gov. www.census.gov/housing/hvs

• Levine, R. "My House Our House." *mt. lebanon magazine*. July 2012. http://lebomag.com/5213/my-house-our-house

• Mann, T. "Mature Market Experts' Gem of the Day: Shared Housing – The Next Senior Trend?" Mature Market Experts. December 2012. http://trmann.com/wordpress/2010/12/mature-market-experts%E2%80%99-gem-of-the-day-shared-housing-the-next-senior-trend

• Ray, P.H. Ph.D. "Cultural Creatives and the Emerging Planetary Wisdom Culture." http://culturalcreatives.org/who-we-are/

• Russ, M. "House Sharing Becomes More Common With Down Economy." KPBS. 18 March 2009. www.kpbs.org/news/2009/mar/18/house-sharing-becomes-more-common-with-down/

• Stinson, S. "How to Live Cheaply in Retirement With Roommates." Fox Business News. 21 August 2012. www.foxbusiness.com/personal-finance/2012/08/21/how-to-live-cheaply-in-retirement-with-roommates

· Spinner, A. "Peace, Love, and Social Security: Baby Boomers Retire to the Commune." *The Atlantic.* 21 November 2011. www.theatlantic.com/national/archive/2011/11/peace-love-and-social-security-baby-boomers-retire-to-thecommune/248583

· Winter, A. "House Sharing Trend Grows Among Seniors." National Aging in Place Council. 12 June 2011. www2.tbo.com/shopping/homeseeker/2011/jun/12/house-sharing-trend-grows-among-seniors-ar-235956

결혼이라는 제도가 주는 부담을 감당할 만큼 이성에 대한 애정이나 집착도 없고, 그렇다고 모성이나 부성역할에 충실하면서 많은 희생을 감내하고 싶지 않아 하는 사람들이 늘고 있다. 특히 요즘 젊은 세대들을 보면 1인 가구 증가는 시대의 필연적 흐름으로 보인다. 이제 가족을 이룰 것이냐, 혼자 살 것이냐는 철저히 선택의 문제가 되었다.

하지만 이들도 결코 피해갈 수 없는 고민이 있다. 바로 가족 없이 혼자 살 때 찾아오는 외로움이나 질병, 불안감을 어떻게 해결할 것인가이다. 사람은 사회적 동물이라 아무리 강한 자아를 갖고 있는 사람도 이런 것들에서 완전히 자유로울 수 없기 때문이다.

최근 이런 사람들이 적극적으로 대안적 삶을 모색하고 있다. 이른바 대안가족, 협동주택, 셰어하우스 등의 등장이 그것이다. 단순히 공간만이 아니라 정서적인 면까지 공유하는 이런 삶의 방식은 여러모로 유의미해 보인다. 하지만 당장 현실로 실천하려고 하면 법적인 문제, 인간관계 문제, 공간활용 문제, 공평한 분배, 사소한 습관과 사생활까지 해결해야 할 문제가 한둘이 아니다. 마음은 있지만 엄두가 안 난다는 사람이 많은 것도 이런 이유 때문이다. 이 책은 이런 걱정을 일거에 해소시켜준다. 타인과 함께 산다는 것이 무엇인지에 대한 근본적 고민부터 공동주거를 완성하기까지 필요한 모든 절차와 방법, 또 서로에 대한 경계설정과 감정처리까지 참으로 현실적인 해결책과 대안으로 가득하다. 게다가 먼저 실천에 옮긴 성공담이라니 더욱 신뢰가 간다. 새로운 삶의 방식을 고민하는 모든 사람들에게 적극 권한다.

— 이나미(서울대학교 교수, 이나미심리분석연구원 원장, 『한국사회와 그
　　적들』 저자)

50대에 접어든 베이비부머 세대의 세 여자가 혼자 사는 삶을 청산하고 협력주거 실험을 감행했다. 그리고 10년간에 걸친 용감한 경험을 토대로 이 책을 썼다. 이들의 이야기는 소설처럼 흥미진진하다. 상상만 하던 삶을 현실로 옮겨놓기 위해, 난관을 넘고 온갖 문제들을 해결해가는 과정은 로드무비처럼 다음 장면을 궁금하게 한다. 때론 수많은 이론보다 실제 성공사례가 더 많은 시사점을 던져주는 법이다. 혼자 사는 삶에 대한 대안을 제시하는 책은 더러 읽었지만 그것을 실현할 용기가 없고, 구체적 매뉴얼이 부족했던 사람들은 이 책을 읽어야 한다. 공유의 삶, 협력주거를 현실로 실천할 구체적인 실행방법이 담겨 있다. 이 책을 덮을 때쯤이면 누구나 자연스럽게 이런 결론을 내릴 것이다. 협동주거는 더 이상 관념적 상상이 아니라 실현가능한 삶의 방식이라고.

— 노명우(아주대학교 교수, 사회학자, 『혼자 산다는 것에 대하여』 저자)

가족이나 국가의 도움 없이 자주적이면서도 안락한 노년의 삶을 사는 일이 결코 쉽지 않음을, 칠순이 된 모친을 모시고 사는 나는 시시각각 느낀다. 나만 하더라도 나이 들수록 에너지를 가치 있게 쓰며 끝까지 자유롭게 살고 싶은데 이상적인 노년에 대한 전망은 밝지 않다. 이 책의 특장점은 독신생활과 가족생활의 맹점을 훌륭하게 커버할 수 있는 실질적이고 디테일한 방법들을 구체적으로 알려준다는 데 있다. 프라이버시를 지킬 수 있으면서도 외롭지 않는 삶, 활력 넘치면서도 가치지향적인 삶을 꿈꿀 수 있다는 건, 공동생활의 가장 큰 미덕이다.

— 정유희(문화 매거진 〈PAPER〉 편집자, 『함부로 애틋하게』 저자

"남성들이여, 단단히 새겨듣기 바란다. 이 책을 여러분의 부인에게서 멀찌감치 떨어뜨려놓으라. 만약 그들이 친구들과 함께 사는 것이 얼마나 재밌는지 알아낸다면, 우린 끝장이다. 이 세 여성들은 각자의 능력으로 구입할 수 있는 집보다 훨씬 더 좋은 집을 함께 구입한 다음 지나치게 친절하게 굴면서 서로를 즐겁게 괴롭히고 있다. 이것이 남자의 종말을 가져올까 봐 두렵다."

— 브라이언 오닐, 〈피츠버그 포스트 가제트〉의 칼럼니스트, 『애팔래치아의 파리 The Paris of Appalachia』 저자

"이 훌륭한 책은 인생의 3막을 책임 있게 맞이하는 데 관심이 있는 성숙한 어른이라면 '반드시 읽어야 하는' 책이다."

— 오즈 래그랜드, '코하우징 협회'의 전임 회장이자 '공동주거 프로젝트'의 창시자

"밝고, 재기 넘치고, 탁월하다. 훌륭한 책이다! 이 책을 한번 읽기 시작한 사람은 절대 쉽게 내려놓지 못할 것이다. 심지어 법률 관련 내용들도 대단히 읽기 쉽다. 이건 특급 칭찬이다. 이 놀라운 여성들과 친구가 되고 싶다."

　— 리즈 길비, 영국 저널리스트

"공동주거에 대해 고려해보고 있는 사람 모두 반드시 읽어야 할 책. 공동주거 운동의 고전이 될 책이다. 단순한 '입문서'를 넘어선다."

　— 존 암스트롱, 작가

"매력과 재치가 넘치는 이 책은 현재는 혼자 살고 있지만 공동체 안에서의 더 나은 라이프스타일을 꿈꾸는 사람들이라면 모두 필수적으로 읽어야 하는 책이다."

　— 켄 디치월드, 『새로운 목적: 돈, 가정, 일, 은퇴, 성공을 재정의 하기』 저자

"캐런, 루이즈, 진이 어떻게 성공적인 공동주택을 만들었는지에 대한 이 이야기는 장난으로든 진지하게든 '우리 은퇴한 뒤 함께 살자'라고 말한 적 있는 모든 사람들을 고무할 것이다. 이 책을 읽으라. 그러면 이렇게 말하게 될지도 모른다. '지금 하면 왜 안 되지?'"

　— 안나마리 플루하르, 『셰어링 하우징』 저자

"공유주택에 살고 싶은 여성들에게 유용한 실제 사례, 정보, 용기를 주는 책을 만나서 정말 기쁘다. 고마워요, 캐런, 루이즈, 진. 이렇게 멋

진 책을 써주다니!"

— 조앤 메들리콧, 연작소설『코빙턴의 숙녀들 The Ladies of Covington』
  저자

"공동주거에 대해 고려하고 있는 사람들을 위한 매우 중요하고도
현실적인 조언이다. 개인공간과 공동공간 사이의 균형, 개인적 시간과
사회적 시간 사이의 균형, 독립성과 상호의존성 사이의 균형, 개인 재
정과 공동 비용 사이의 균형에 대해 탐색해보는 훌륭한 기회가 될 것
이다."

— 마리아 피안타니다, Ph.D., 피츠버그 주의 볼랜드 그린 계획공동체 구성원

"이 책 한 권에 대안적 주거방식을 원하는 사람들에게 필요한 정수
가 망라돼 있다."

— 메리앤 킬케니, '여성들을 위한 공동체 생활'의 창립자

"이 책은 주거방식에 대한 고정관념을 깬다. 매력적이고, 계몽적이
고, 영감을 준다. 강력히 추천한다."

— 낸시 처브, Ph.D., M.B.A, 심리학자 겸 라이프 코치

"정말 마음에 든다! 공동주거를 성공시키는 법에 대해 현실적인 아
이디어와 통찰이 가득하다."

— 모린 머레이, 연사, 트레이너, 코치

"혈기 왕성하고 용감한 이 세 여성들은 힘을 합쳐 자기들만의 고유한 주거방식을 창조해냈다. 이 주거방식은 강점을 활용하고, 약점을 보완하고, 삶의 질을 한층 높여준다. 게다가 우리 모두에게 진정한 영감을 준다!"

— 리타 러바인, 기자, 작가

옮긴이 안진희

중앙대학교 영어영문학과를 졸업하고 영화 홍보마케팅 분야에서 일하며 다양한 영화를 홍보했다. 현재는 프리랜서로 일하며 책을 기획하고 번역한다. 사람들의 마음을 움직이는 책에 관심이 많다. 『소년의 심리학』『부모의 자존감』『아이와의 기싸움』『내 어깨 위 고양이, Bob』『오늘 만드는 내일의 학교』 등을 옮겼다. 현재 마포번역집단 '뉘앙스'에서 동료 번역가들과 함께 새로운 삶을 실험하고 있다.

세 여자의 유쾌한 실험, 그 10년의 기록

마흔 이후, 누구와 살 것인가

1판 1쇄 펴낸 날 2014년 8월 25일
1판 2쇄 펴낸 날 2018년 2월 1일

지은이 | 캐런, 루이즈, 진
옮긴이 | 안진희
기　획 | 안진희

펴낸이 | 박경란
펴낸곳 | 심플라이프
등　록 | 제2011-000219호(2011년 8월 8일)
주　소 | 경기도 파주시 문발로 141, 3층(M빌딩 3층)
전　화 | 031-941-3887
팩　스 | 031-941-3667
이메일 | simplebooks@daum.net
블로그 | http://simplebooks.blog.me

ISBN 979-11-951549-2-0　03840